Arrivée sur Hératis

Les cahiers d'Hératis (premier cahier)

Du même auteur

Hermione de Méricourt

Arrivée sur Hératis

Les cahiers d'Hératis (premier cahier)

« Tous droits de reproduction, d'adaptation et de traduction, intégrale ou partielle réservés pour tous pays. L'auteur ou l'éditeur est seul propriétaire des droits et responsable du contenu de ce livre. Le Code de la propriété intellectuelle interdit les copies ou reproductions destinées à une utilisation collective. Toute représentation ou reproduction intégrale ou partielle faite par quelque procédé que ce soit, sans le consentement de l'auteur ou de ses ayants droit ou ayants cause, est illicite et constitue une contrefaçon, aux termes des articles L.335-2 et suivants du Code de la propriété intellectuelle. »

Hermione de Méricourt

Je suis née, il y a quelques années dans un petit village de Normandie. Très vite, je me suis rendue compte que les garçons m'intéressaient beaucoup moins que les jeunes femmes aux formes sensuelles. Je pris bientôt conscience, à mes dépens de la réprobation qu'attirait ce genre de préférence. Isolée, je me réfugiais dans les romans et les films d'aventure. J'ai eu, il y a un an environ l'idée d'Hératis, une planète habitée exclusivement par des femmes de diverses formes et espèces. Les Cahiers d'Hératis regroupent les nouvelles qui me permettront, avec mes héroïnes d'explorer et de vous faire découvrir ce nouveau monde. Ce premier épisode plante le décor. J'espère qu'il vous plaira.

À mes amies du cloître de Béa

Table des matières

Chapitre 1: Paris 14

Chapitre 2: Shanghai 39

Chapitre 3: Un nouveau monde 53

Chapitre 4: La longue marche 72

Chapitre 5: Séduction 88

Préface

Le premier épisode est consacré à l'arrivée d'un groupe de Terrienne sur Hératis. Moins brûlant que les autres, j'espère qu'il vous fera découvrir et apprécier ce nouveau monde. Le deuxième épisode qui porte sur la libération du village des Elfes est déjà presque terminé et sera publié sous peu. Il contiendra la suite des aventures de Jeanne, Heather, Gudrun et Lisaelle.

Avant-propos

J'espère que vous apprécierez ce monde de fantaisie. Ce sont mes fantaisies. Si elles vous plaisent, j'en serai contente. Si elles vous émeuvent, j'en serai charmée. Si elles vous troublent, j'en serai troublée. Mais si elles vous déplaisent, j'espère que j'en serai pardonnée.

Chapitre 1: Paris

2375

Le voyage interstellaire, enfin devenu possible, en était à ses débuts. Les progrès exponentiels de la science et de la technologie avaient permis de maîtriser de nouvelles sources d'énergie, en particulier la fusion nucléaire. Cependant, bénéficier de ces progrès n'étaient permis, à cause de leurs risques inhérents qu'aux pays dont le développement et la stabilité offraient des garanties suffisantes de sécurité. C'était le début, pour l'humanité d'une nouvelle ère, ces voyages n'étaient possibles que depuis moins de cinquante ans. On avait, par hasard, découvert le moyen de créer des trous de ver dans l'espace-temps. En un instant, des vaisseaux au design futuriste traversaient des distances que la lumière avait mises, depuis toujours, des millions d'années à franchir. Cependant, cette technologie n'était pas encore complètement maîtrisée et il fallait encore beaucoup de courage pour se lancer dans l'aventure en courant le risque important de ne jamais revenir. C'était déjà arrivé plusieurs fois. Un nouvel espoir était né, l'exploration de la galaxie avait cessé d'être un rêve.

La géographie humaine s'était modifiée durant les derniers siècles. On avait enfin trouvé le moyen de réguler les températures, ce qui modérait peu à peu les effets du réchauffement climatique. Depuis le vingt et unième siècle, les configurations de pouvoir à l'échelle planétaire et l'équilibre économique avaient connu des changements significatifs. Depuis deux siècles, sous le leadership de la Chine Populaire, l'Asie triomphait. C'était dans cette partie du monde que l'on avait accompli les derniers progrès décisifs. La démocratie, dans le monde n'était plus qu'un souvenir, car le modèle autoritaire asiatique s'était répandu sur toute la surface de la Terre. Depuis 2200, le développement de l'Afrique était spectaculaire et certains pays comme le Nigeria ou le Congo avaient déjà presque rattrapé le niveau de vie des grandes puissances asiatiques. Ce continent avait maintenant l'espoir de vaincre des siècles de malédictions, de maladies et de misère. L'Amérique, depuis plus d'un siècle, entamait son déclin, hésitant sans cesse entre un modèle autoritaire plus efficace et sa nostalgie démocratique. Elle était régulièrement victime de convulsions et de guerres fratricides qui décimaient sa population et freinaient sa modernisation. L'Europe, cependant, avait achevé ce même processus, commencé, pour elle, dès le vingtième siècle. Le vieux continent au 24e siècle était devenu misérable et surpeuplé, soumis à des régimes corrompus sans cesse en guerre les uns contre les autres. Devant le danger qu'il représentait, les autres continents lui avaient, en 2225, interdit l'usage de l'énergie nucléaire. Trop faible et divisée, l'Europe avait dû accepter ces conditions draconiennes. Après la guerre perdue par l'Ukraine, l'influence russe s'était propagée partout amenant au pouvoir des partis réactionnaires et xénophobes dont les excès nourrissaient des guerres civiles. En France, la victoire des identitaires à l'issue de l'une de ces guerres avait donné lieu à des massacres et à des déplacements massifs de population ; déclassant le pays de manière définitive. Au début du 22e siècle, tous les gouvernements européens avaient jugé bon de mettre en place des politiques natalistes. L'avortement et la contraception furent interdits, considérés comme des crimes contre le peuple. Les célibataires et les familles de moins de trois enfants furent exclus du marché de l'emploi et de l'accès aux soins. Ces mesures produisirent dès 2225 une explosion démographique. La natalité était incontrôlée et après une crise de sous-population, l'Europe occidentale connut une crise de surpopulation. En 2310, elle comptait deux milliards d'habitants qu'elle peinait à nourrir. Les autres continents lui imposèrent alors de nouvelles restrictions. Ces puissances limitèrent drastiquement l'accès des européens aux techniques médicales contemporaines, elles cherchaient ainsi à réduire sa population par une augmentation des taux de mortalité. Mais cette décision produisit ce qu'elle voulait éviter, en contribuant à rajeunir la population européenne, elle fit augmenter encore le taux de natalité. La situation était devenue incontrôlable. De plus, cette jeunesse trop nombreuse ne pouvait être ni éduquée ni instruite et la violence était redevenue endémique malgré la rigueur du contrôle social et politique. La pègre fleurissait et des émeutes de la faim secouaient les grandes villes à intervalles réguliers.

En 2375, l'agglomération parisienne comptait 60 millions d'habitants. Elle s'étendait sans interruption dans un rayon de 30 kilomètres à partir de Notre-Dame. Les transports qui la desservaient dataient de la fin du 21e siècle, on ne tentait de les réparer que lorsqu'ils tombaient en panne. La saleté de cette ville restait proverbiale. Depuis le 21e siècle, l'Europe entière la considérait comme la capitale mondiale du surmulot. Les rats devenaient tellement envahissants que tous ceux qui disposaient d'une certaine fortune refusaient d'habiter en dessous du troisième étage. Ils refusaient également d'habiter au-dessus du 5e étage parce que la plupart des ascenseurs étaient hors service depuis longtemps. Le centre-ville envahi de marchands ambulants avait un aspect désolé. Les façades étaient couvertes de tags et de poussière. Autrefois capitale de l'élégance, Paris offrait aujourd'hui un spectacle moins attrayant.

La vulgarité semblait devenue la norme. Les hommes étaient débraillés. Les jeunes femmes devaient s'afficher dans des tenues suggestives et provocantes, leurs décolletés plongeants et leurs jupes minuscules laissaient peu à l'imagination. C'était une conséquence des longues guerres entre identitaires et musulmans. Une "bonne française" ne devait pas se cacher derrière ses vêtements. Alors, ils devaient mouler leurs formes et les dévoiler par transparence. Les accessoires suivaient cette tendance, on préférait les bijoux ostentatoires et des ornements de couleurs criardes. Des maquillages extravagants et les coiffures excentriques complétaient ce look. Paradoxalement, malgré des tenues qui auraient pu les faire passer pour légères et libérées, les jeunes femmes restaient timides et gardaient, en public, leurs yeux baissés. Prudentes, elles parlaient doucement et tenaient à se montrer fragiles et douces, ce qui reflétait leur place dans la société. Elles fuyaient tout comportement qui aurait pu être perçu comme provocateur. La seule indécence autorisée était celle de leurs vêtements. Leurs comportements étaient empreints de politesse et de retenue, il reflétait les valeurs traditionnelles de respect et de décence inculquées par une société dans laquelle l'église avait repris sa place centrale. Une jeune femme devait être ravissante et se taire. Ce contraste entre une apparence sexualisée et un comportement réservé témoignait de la complexité de leur condition. Cette féminité provocante, combinée à leur attitude soumise créait un terreau fertile pour l'exploitation et l'abus. Les hommes, galvanisés par une culture patriarcale, percevaient souvent cette dualité comme une invitation à exercer leur pouvoir de manière abusive. Les jeunes femmes subissaient tellement d'agressions sexuelles et de violences domestiques, que bien fréquemment, on renonçait à poursuivre les coupables. Les limites franchies, la plupart des hommes se croyaient autorisées à les traiter comme des objets de plaisir. Le quart des jeunes Françaises avant l'âge de 20 ans avait déjà subi un viol. La pression sociale pour maintenir une image séduisante et attirante, combinée à l'obligation de conserver une attitude soumise et silencieuse, les rendait particulièrement vulnérables aux prédateurs sexuels.

Dans le 27ᵉ arrondissement, à Saint-Cloud, se dressait un immeuble flambant neuf qui abrite le bureau de recrutement de la compagnie Nouvelles Chines. Situé au cœur d'un quartier résidentiel cossu, l'immeuble se distinguait par son architecture moderne et élégante, en contraste avec les bâtiments délabrés environnants. La façade en verre réfléchissant reflétait le ciel changeant et les rayons du soleil, donnaient à l'édifice une allure dynamique et sophistiquée. Des lignes épurées et des formes géométriques accentuaient son design contemporain. À l'intérieur, l'atmosphère paraissait à la fois professionnelle et accueillante. Les espaces étaient aménagés avec soin, offrant des bureaux lumineux et fonctionnels pour les recruteurs et les candidats. Des salles d'entretien modernes équipées de technologies de pointe permettaient de mener des entretiens précis et professionnels autant qu'ils impressionnaient les candidats. Le bureau de recrutement de la compagnie Nouvelles Chines symbolisait la prospérité et la modernité de l'empire du Milieu dans le quartier de Saint-Cloud. La société venait d'annoncer l'obtention du visa d'exploitation de la planète Xingfu Xing, la planète de l'harmonie heureuse. Cette nouvelle représentait une étape cruciale dans les ambitions de l'entreprise d'étendre encore son influence et ses activités au-delà des frontières terrestres. Xingfu Xing, située dans un système solaire lointain, était présentée comme un véritable paradis. Cependant, la réalité était bien différente. XX n'était qu'une planète minière, aride et froide. Les conditions de vie des colons y étaient épouvantables. Le climat hostile rendait difficile la culture de la terre et la fourniture en ressources vitales telles que l'eau et la nourriture. Les tempêtes de sable fréquentes et les variations extrêmes de température rendaient les déplacements et les activités extérieures dangereux et imprévisibles.

La colonie s'était construite tant bien que mal, rudimentaire et précaire, avec des habitats de fortune bâtis à partir des matériaux locaux disponibles, principalement le sable. Les colons étaient confinés dans des espaces réduits confrontés trop souvent à des pénuries de nourriture et d'eau potable, et les infrastructures de base telles que les systèmes de santé et d'éducation restaient insuffisantes pour répondre aux besoins de la population. En outre, les dangers liés à l'exploitation minière du copal, tels que les effondrements de tunnels et les accidents industriels, ajoutaient aux risques auxquels les colons faisaient face au quotidien. Les conditions de travail étaient généralement dangereuses et épuisantes, avec des journées de travail prolongées et des normes de sécurité laxistes. La politique appliquée par Nouvelles Chines vis-à-vis des Européens rappelait de manière troublante l'engagisme, une pratique historique d'exploitation et de coercition utilisée pendant les périodes coloniales. Sous des apparences de promesses alléchantes, les Européens étaient attirés vers Xingfu Xing avec l'espoir de trouver fortune et succès, mais se retrouvaient piégés loin de chez eux et de la Terre. Captifs loin de leur patrie, ils étaient obligés de travailler dans des conditions difficiles et dangereuses pour le compte de Nouvelles Chines, sans espoir de retourner chez eux. La multinationale avait ouvert des bureaux de recrutement dans la plupart des grandes villes européennes. Ces bureaux promettaient à ceux qu'ils recrutent, l'extra-territorialité, la protection chinoise, et faisait miroiter de meilleures conditions de vie tant sur le plan sanitaire qu'économique. Elle ne parvenait à recruter qu'en Europe. En Asie ou en Afrique, personne n'acceptait ce genre d'engagement. Les conditions étaient drastiques : il fallait avoir entre 16 et 22 ans, une hygiène et une santé irréprochable. La compagnie préférait les sujets appartenant aux catégories sociales supérieures. Les cadres supérieurs estimaient que leur éducation plus stricte les rendrait plus soumis et malléables. Les jeunes étaient souvent plus enclins à prendre des risques et moins enclins à remettre en question les conditions de travail et les pratiques de l'entreprise, ce qui les rendait particulièrement vulnérables à l'exploitation.

Jeanne se tenait assise dans la salle d'attente, les mains serrées autour de son sac à main, les yeux fixés sur le sol carrelé. Autour d'elle, le bruit feutré des conversations étouffées et le tic-tac régulier de l'horloge murale créaient une ambiance empreinte d'impatience et d'appréhension. Elle sentait son cœur battre dans sa poitrine, un mélange d'excitation et de nervosité. Elle repensait aux critères stricts de sélection imposés par Nouvelles Chines, se demandant si elle répondait aux standards exigés. Sa jeunesse et sa santé seraient-elles suffisantes pour franchir cette nouvelle étape de sa vie

? Sa robe était coupée de manière à accentuer ses formes, avec un décolleté plongeant qui laissait entrevoir la plus grande partie de sa poitrine. Les manches dévoilaient ses épaules avec audace. La robe, très courte, flirtait avec les limites de la décence, avec une jupe qui s'arrêtait bien au-dessus des genoux. Les tissus moulants, mettaient en valeur chaque courbe de son corps de manière exagérée, tandis que des inserts transparents exposaient sa peau de manière indiscrète. Moulante, elle était découpée dans un tissu de couleur rouge vif. Autour de son cou, la jeune femme arborait un collier à plusieurs rangs de perles rouge vif, contrastant avec sa peau et attirant immédiatement l'attention sur son décolleté. Les perles étaient de différentes tailles, ajoutant de la texture et du volume à son collier, tandis qu'un pendentif en forme de rose rouge pendait délicatement dans le sillon de ses seins. À ses oreilles, elle portait des boucles d'oreilles pendantes assorties, ornées de perles rouges et de petits pendentifs en forme de roses. Ces ornements encadraient son visage avec élégance, ajoutant une touche de mouvement et de sensualité à sa coiffure. Ses yeux étaient soulignés d'un eyeliner noir intense, accentuant leur forme en amande, tandis que ses paupières étaient recouvertes d'une ombre à paupières bleu turquoise, qui contrastait avec la couleur de sa robe. Des éventails spectaculaires ajoutaient du volume et de la longueur à ses cils, intensifiant son regard de manière outrageuse. Sur ses lèvres, elle portait un rouge à lèvres écarlate, assorti à sa robe et à ses bijoux, avec une finition brillante qui faisait ressortir sa bouche pulpeuse, pendant que des touches de blush rosé apportaient une touche de fraîcheur à son visage. Sa coiffure était élaborée et soigneusement stylisée, avec ses cheveux brun foncé coiffés en boucles luxuriantes qui encadraient son visage. Une partie de ses cheveux tirée en arrière et attachée en un chignon bas, laissait quelques mèches douces encadrer son visage avec élégance. Jeanne portait des bas qui enserraient ses jambes jusqu'à mi-cuisse. Aux pieds, elle avait des chaussures à talons très hauts, assorties à sa robe et à ses accessoires. Les talons aiguilles élançaient sa silhouette tandis que leur hauteur impressionnante accentuait sa démarche féline et confiante. Cette tenue, malgré tout ne parvenait pas à la rendre vulgaire.

Jeanne attendait son tour avec une anxiété palpable, consciente du danger imminent qui planait sur elle. Les minutes qui s'écoulaient semblaient interminables alors qu'elle ressassait les événements qui l'avaient conduite à cette situation périlleuse. Les souvenirs gravés de cet article sur le massacre des opposants politiques à la fin de la guerre civile qu'elle avait absolument voulu écrire, persistaient avec insistance dans sa mémoire. Elle se rappelait chaque mot qu'elle avait choisi avec précaution, chaque détail qu'elle avait exposé avec courage. Il fallait que quelqu'un le fasse : dénoncer les atrocités commises au nom du pouvoir, donner une voix aux victimes oubliées, révéler la vérité au grand jour. Mais maintenant, alors qu'elle attendait dans cette salle d'attente oppressante, elle réalisait l'étendue de sa témérité. Ses écrits avaient attiré sur elle l'attention de la redoutable Popen, la police de la pensée, qui, selon des informations fiables allait l'arrêter pour diffusion de propos "mensongers". Elle ne se faisait plus aucune illusion : des journalistes, moins audacieux qu'elle, avaient disparu pour être soumis à d'intenses interrogatoires accompagnés de brutalités. Aucun d'entre eux n'en était revenu. En tant que femme, elle savait que les conséquences pour elle seraient encore plus dégradantes. Son cœur battait dans sa poitrine alors qu'elle imaginait les scénarios les plus sombres. Elle se sentait prise au piège, traquée, impuissante face à la puissance implacable de l'État. Pourtant, malgré sa peur dévorante, une lueur de détermination brûlait encore dans ses yeux. Elle avait refusé de se laisser réduire au silence. Ce régime actuel était criminel, puisqu'il n'admettait pas que l'on remette en cause la version officielle d'un règlement pacifique du conflit. Cela revenait à insulter ceux qui avaient été massacrés. Désormais, cet exil était son unique chance de survivre. Elle comprenait que l'engagement qu'elle était sur le point de prendre la conduirait à une forme d'esclavage, mais elle le considérait comme le moindre des maux par rapport à la mort certaine qui l'attendait si la Popen parvenait à s'emparer d'elle. Elle savait que vivre sous le joug de l'oppression et de la servitude serait difficile, mais elle était prête à faire ce sacrifice pour continuer à respirer, à espérer. Une fois sur place, elle s'appliquerait à découvrir d'autres formes de résistance au nom de sa liberté et de celle de ses compagnons

Depuis toujours, Jeanne s'était passionnée pour l'histoire et la politique. Son père, trop faible avec ses caprices, l'avait laissé accéder à des livres interdits. Seule dans sa chambre, insatiable et passionnée, elle les avait dévorés. Elle avait su convaincre ses professeurs de lui confier la direction du journal universitaire. La jeune femme, à l'âme âme altruiste et rêveuse, portait en elle un profond sens de l'humanité et un désir ardent de justice sociale. Bien qu'elle soit née parmi l'élite privilégiée, elle était imprégnée d'une sensibilité envers la dignité des plus humbles, une qualité qui la distinguait dans un monde dans lequel l'égoïsme et l'indifférence régnaient souvent en maîtres. Portée par un sens aigu de la responsabilité morale, Jeanne consacrait une grande partie de son temps et de son énergie à aider ceux qui étaient dans le besoin. Que ce soit par le biais de l'aide humanitaire, de l'engagement politique ou simplement en tendant la main à ceux qui étaient dans le besoin, elle cherchait toujours des moyens d'apporter un changement bénéfique dans l'existence de ses semblables. Sa compassion envers les plus vulnérables était profondément ancrée dans ses valeurs personnelles et ses croyances. Elle avait foi en la dignité inhérente de chaque être humain et elle voulait être une défenseure des droits fondamentaux de tous.

Jeanne se tenait avec grâce et assurance alors qu'elle entrait pour la visite médicale, la douceur et l'aisance qui brillaient sur son visage ne manquaient jamais de séduire ceux qui la regardaient. Elle était vraiment agréable à regarder, attirant immédiatement l'attention par sa grâce instinctive et sa présence chaleureuse. Les médecins commencèrent par la mesurer, puis la peser, notant avec précision ses mensurations. À 1,72 m, elle avait une stature élancée et gracieuse, tandis que ses 55 kilos révélaient une silhouette svelte et bien proportionnée. Ses longs cheveux châtain foncé encadraient délicatement son visage, tombant en cascades de boucles soyeuses autour de ses épaules. Ses yeux d'un bleu profond étincelaient d'intelligence et de douceur, captivant quiconque croisait son regard. La peau de Jeanne était d'une candeur diaphane, parsemée de micro taches de rousseur qui ajoutaient une touche de charme et de vivacité à son visage. Ses hautes pommettes lui conféraient une allure élégante et aristocratique, tandis que ses lèvres ourlées et toujours souriantes évoquaient une aura de bienveillance et de joie de vivre. Jeanne se distinguait par son allure qui alliait la délicatesse de ses traits à l'éclat d'une âme généreuse, elle incarnait le charme et la mansuétude. Jeanne suivit les instructions de l'infirmière chinoise avec une certaine hésitation, consciente de la nécessité de se soumettre à l'examen médical, mais confrontée à la gêne de se dévoiler face à une personne qu'elle n'avait jamais rencontrée. Elle prit un peu de temps pour défaire l'arrangement complexe de sa robe et de ses bas, révélant progressivement sa silhouette svelte et athlétique. Les vêtements retirés, l'infirmière contempla Jeanne avec un sourire amusé, remarquant immédiatement la grâce de ses épaules et la ligne élégante de son port de tête. Ses yeux parcoururent ensuite le ventre plat de Jeanne, remarquant les muscles définis qui témoignaient de son loisir préféré, l'escalade. En effet, les heures passées à grimper sur les parois rocheuses avaient sculpté son corps avec grâce et force, conférant à sa silhouette une allure innée et une tonalité musculaire qui attirait le regard. La lumière de la salle d'examen mettait en valeur chaque contour de son corps, accentuant ses attraits authentiques et sa vitalité.

Jeanne avait gardé ses sous-vêtements, un string très échancré ainsi qu'un soutien-gorge qui couvrait à peine les pointes de ses seins. De mauvais gré, Jeanne accepta d'obéir à l'infirmière et de retirer ses sous-vêtements comme demandé. Une fois ses sous-vêtements retirés, la jeune femme se retrouva dévoilée devant l'infirmière, se sentant exposée, mais résolue à passer à travers cette étape avec dignité. Elle découvrit une poitrine ronde et ferme aux pointes déjà dressées, aux aréoles roses. Conformément à la mode, Jeanne s'épilait et en retirant son string, elle se privait de la dernière barrière protégeant son intimité. Cela la mettait dans un drôle d'état de devoir se montrer ainsi à une inconnue. Sa respiration devenait saccadée et laborieuse. Alors qu'elle se trouvait confrontée à une situation aussi inconfortable qu'excitante, chaque fibre de son être réagissait de manière innée, partagée entre la tension nerveuse et une onde érotique qui la submergeait peu à peu. Chaque inspiration semblait devenir un défi, comme si l'air lui-même refusait d'entrer dans ses poumons. Chaque battement de son cœur paraissait résonner dans sa poitrine, tandis que sa respiration devenait de plus en plus haletante. Elle tentait de contrôler ses émotions, mais la tension dans son corps était palpable. Soudain, elle ne put plus tenir. Un frisson parcourut l'échine de Jeanne, qui laissa échapper un soupir brisant le silence pesant qui enveloppait la salle d'examen médical. L'infirmière se retourna, charmée par ce son délicieux. Ses yeux détaillaient le corps adorable de la jeune femme qui révélait ainsi son excitation. Le sourire narquois de l'infirmière ne fit qu'ajouter à l'inconfort de la candidate. Ce sourire, teinté d'une pointe de mépris ou de jugement, était comme une gifle silencieuse pour elle, un rappel brutal de sa fragilité exposée et de son impuissance face à l'autorité de l'infirmière. Malgré ses efforts pour contrôler ses émotions, elle se sentait de plus en plus vulnérable sous son regard acéré. Son visage écarlate trahissait son embarras. Il y avait dedans des insinuations qui n'avaient rien à voir avec la médecine, des implications sournoises qui dépassaient le cadre strictement professionnel de l'examen. Jeanne se sentit profondément offensée, l'employée de Nouvelles Chines paraissait profiter de sa position de pouvoir pour la tourmenter et la ridiculiser. Elle se reprochait d'avoir des sentiments contradictoires, de ressentir une certaine excitation au milieu de son embarras et de son malaise. Elle se demandait pourquoi son corps trahissait ses convictions les plus profondes, pourquoi elle ne pouvait pas simplement se glacer dans une situation aussi inappropriée et troublante. Elle se sentait coupable de ces sentiments, comme si elle trahissait sa propre intégrité en ressentant autre chose que de la détresse et de la colère. L'infirmière, d'une voix douce, invita Jeanne à s'étendre délicatement sur le dos pour l'examen. Elle sentit le métal froid du stéthoscope se poser contre sa peau frémissante. L'infirmière saisit son sein, le palpa avec douceur, s'appliqua à bien faire ressortir le mamelon durci et la complimenta sur sa fermeté. Jeanne ne maîtrisait plus son émoi. Elle se mordait les lèvres pour ne pas gémir. Son ventre plat tremblait de désir. Depuis qu'elle était adolescente, on lui avait appris qu'il ne fallait jamais céder à cette sorte de sensation. Alors, de toutes ses forces, elle luttait. Elle tenait bon, ne criait pas, mais son sexe était trempé. L'infirmière à sa grande honte, le remarqua à voix haute. Ensuite, elle prit une petite éponge et tamponna délicatement les zones les plus sensibles de sa vulve ce qui ne la séchait pas bien au contraire. Quand elle sentit les doigts fins se poser sur son clitoris pour le stimuler, Jeanne ne put s'empêcher de ressentir un plaisir violent. Elle parvint à retenir toutes les plaintes qui voulaient la trahir ; mais elle put empêcher un spasme brutal de traverser son corps. "Je vois que tout est en état de marche" s'amusa l'infirmière.

Après cette visite médicale éprouvante, on apporta à Jeanne un ensemble de vêtements pour qu'elle puisse se rhabiller et retrouver un semblant de confort et de normalité. La vue de ces vêtements lui procura un soulagement bienvenu, comme si elle retrouvait une part de son identité après avoir été mise à nu, littéralement et figurativement, devant l'infirmière et les autres membres du personnel. Elle enfila la culotte, le t-shirt, le pantalon et la veste de sport de couleur kaki avec une certaine hâte, cherchant à dissimuler la vulnérabilité qu'elle vient de ressentir derrière une façade de normalité. Les chaussettes et les chaussures de sport complétaient son ensemble. Une fois habillée, Jeanne fut conduite dans une pièce où elle fut interrogée sur son engagement potentiel avec Nouvelles Chines. Les questions étaient directes et pointues, visant à évaluer son adéquation avec le programme de recrutement de l'entreprise. Jeanne répondait avec assurance, consciente de l'importance de ses réponses dans le processus de sélection. Après l'interrogatoire, on lui présenta enfin le contrat qui la lierait à Nouvelles Chines. C'était un moment crucial, où elle devait prendre une décision qui aurait un impact majeur sur son avenir. Elle parcourut le document avec attention, examinant chaque clause avec soin pour s'assurer qu'elle comprenait pleinement les termes de l'accord auquel elle s'apprêtait à souscrire. Finalement, Jeanne apposa sa signature sur le contrat, scellant ainsi son engagement avec la multinationale.

Jeanne fut escortée jusqu'à un hangar vaste et impersonnel, où elle rejoignit d'autres recrues, hommes et femmes, qui attendaient toutes dans une atmosphère chargée d'anticipation et d'incertitude. Ils étaient tous vêtus de la même manière, dans des tenues pratiques et fonctionnelles, marquant ainsi leur statut de nouveaux membres de Nouvelles Chines. Pour Jeanne, cette attente était à la fois angoissante et excitante. Elle ressentait un mélange complexe d'émotions alors qu'elle se préparait à entreprendre ce nouveau chapitre de sa vie, avec toutes ses promesses et ses dangers potentiels. Elle se tournait vers ses camarades de recrutement, cherchant un semblant de réconfort et de camaraderie dans cette situation étrange et inconnue. Finalement, le transport pour l'aéroport de Strasbourg arriva, mettant fin à l'attente dans le hangar. Les recrues se levèrent d'un même mouvement, prêtes à embarquer vers l'inconnu avec un mélange de courage et de résolution. Pour Jeanne, c'était le début d'un voyage incertain, mais elle était déterminée à affronter les défis à venir avec dignité et détermination. Strasbourg centralisait les recrues de toute l'Europe. Elles furent amenées dans une Navette qui reliait Strasbourg à Shanghai en deux heures. A bord de la navette, Jeanne avait pour voisine Heather, une jeune femme venue de Londres. Heather était une figure impressionnante, grande et mince, avec une stature imposante de 1,85 m. Ses longs cheveux d'un roux flamboyant encadraient son visage, ajoutant une touche de caractère à sa présence déjà frappante. Ses yeux verts semblaient capter la lumière ambiante, révélant une âme introspective et attentive. Heather possédait des traits délicats et élégants qui captivaient le regard. Son nez fin et droit ajoutait une touche de grâce à son visage, tandis que sa bouche sensuelle invitait au mystère et à la séduction. Son corps, quant à lui, était une œuvre d'art en soi. Ses épaules rondes conféraient une allure féminine et gracieuse à sa silhouette, tandis que sa poitrine généreuse soulignait sa féminité avec élégance. Son ventre plat témoignait d'une discipline et d'un souci de soi, ajoutant une dimension de grâce et d'harmonie à sa silhouette. Mais ce qui captivait le plus chez Heather, c'était sa peau presque diaphane, d'une douceur et d'une finesse troublantes. Chaque parcelle de son épiderme paraissait rayonner d'une sensibilité subtile, comme si elle était capable de ressentir le monde qui l'entourait avec une intensité accrue. Dans l'intimité de la navette, Jeanne ne pouvait s'empêcher d'admirer la beauté naturelle et la grâce innée d'Heather. Il y avait quelque chose de réconfortant dans sa proximité, comme si sa simple présence apportait un sentiment de sécurité et de sérénité dans cet environnement incertain. Dans le silence de la navette, Jeanne se tourna vers Heather avec un sourire timide, reconnaissant d'avoir trouvé une alliée dans cette nouvelle aventure qui les attendait toutes les deux. Son attitude calme et réservée contrastait avec l'image de confiance qu'elle projetait, créant ainsi une aura de mystère autour d'elle.

Elle préférait souvent observer plutôt que prendre la parole, écoutant attentivement les autres et réfléchissant avant de partager ses propres pensées. Et alors que la navette continuait son trajet, Jeanne se promit de percer peu à peu les mystères qui entouraient Heather, de découvrir la véritable femme derrière le masque de réserve et de timidité. Car elle savait que derrière cette apparence calme et réservée se cachait une âme profonde et fascinante, prête à être découverte par ceux qui prendraient le temps de la comprendre vraiment. Heather avait à peine 18 ans, elle avait grandi au cœur des quartiers les plus sombres et négligés de Londres, là où la vie ne tenait qu'à un fil et où chaque jour était une lutte pour la survie. Les rues étroites et encombrées, emplies d'ombres et de murmures, avaient été le théâtre de son enfance, un lieu où la misère et la désolation régnaient sans partage. Elle avait appris très tôt à naviguer à travers les dangers et les pièges de cet environnement impitoyable, où les sourires étaient rares et les regards souvent chargés de défiance. Sa jeunesse avait été marquée par les épreuves, continuellement sous les coups d'un beau-père brutal qui usait de la violence comme moyen d'éducation. Dans cet environnement austère, son éducation avait été façonnée par les principes rigides d'un fondamentalisme chrétien, où la moindre faute était sanctionnée par une punition corporelle et la discipline imposée avec une sévérité implacable. Cette doctrine avait pesé sur elle comme un fardeau, la laissant naviguer dans un monde dans lequel l'affection et la douceur semblaient des concepts étrangers. Un soir après le catéchisme, le pasteur avait tenté d'abuser d'elle. Heather avait été choquée et terrifiée, ne sachant pas comment réagir face à cette agression soudaine. Elle avait réussi à se défendre et à s'échapper, mais les conséquences avaient été désastreuses. Elle avait subi toutes sortes de brimades et de harcèlement de la part des autres membres de sa communauté. Ils l'avaient traitée de menteuse, de séductrice et même de démon. Ils l'avaient exclue des activités sociales et religieuses, et avaient même menacé de la dénoncer aux autorités. Jeanne avait vécu dans la peur et l'isolement pendant des mois, ne sachant pas vers qui se tourner pour obtenir de l'aide. Elle avait perdu toute confiance en elle-même et en les autres, se sentant trahie par ceux qui étaient censés la protéger et la guider. Proscrite et isolée, elle s'en était remise à Nouvelles Chines. Jeanne parvint à entamer la conversation. Elles comprirent bientôt qu'elles deviendraient inséparables.

De l'autre côté, était assise une jeune bavaroise. La jeune femme se présentait par l'élégance raffinée de son visage. Ses yeux étaient d'un bleu captivant, profonds et réfléchis et ils brillaient d'une lueur d'intelligence et de calme. Leur éclat était rehaussé par des sourcils bien dessinés qui traçaient avec élégance le contour de son regard pensif. De sa peau émanait une douceur et un éclat presque lumineux qui suggéraient un soin méticuleux et une santé rayonnante. Cette deuxième voisine de siège était une jeune femme mince, mais avec une musculature bien définie qui témoignait de son entraînement physique régulier. Sa poitrine était ferme et bien dessinée, avec des courbes gracieuses qui se dessinaient sous son haut. Ses bras étaient toniques, avec des muscles saillants qui se contractaient légèrement lorsqu'elle bougeait. Ses jambes étaient à la fois fines et pleines de force, s'étendant apparemment à l'infini sous son court short. Ses cuisses étaient fermes et galbées, avec des muscles puissants qui se dessinaient sous sa peau lisse. Ses mollets étaient fins et élancés, avec des courbes délicates qui se terminaient par des chevilles gracieuses. Jeanne ne put s'empêcher de la regarder avec admiration, se sentant attirée par sa force et sa confiance. Gudrun parlait avec une sincérité et une clarté qui ne laissaient place à aucune équivoque. Issue d'une lignée illustre, elle avait nourri l'ambition de devenir médecin, un rêve qui s'était heurté à la rigide réalité de l'université de Munich qui, à cette époque, fermait ses portes aux aspirations des femmes. Face à cet obstacle intransigeant, l'exil vers une exoplanète se présenta comme l'unique voie pour atteindre son but. Avec détermination, elle avait franchi les étapes nécessaires et brillamment réussi l'examen pour intégrer le corps infirmier sur Xingfu Xing, une étoile lointaine promesse d'opportunités. Dans ce monde nouveau, elle aspirait non seulement à soigner en tant qu'infirmière, mais également à poursuivre son chemin vers le diplôme de médecin, un horizon qu'elle rêvait d'atteindre et auquel elle consacrerait toutes ses forces.

Chapitre 2 : Shanghai

Pendant le reste du voyage, Jeanne, Heather et Gudrun se racontèrent leurs vies, partagèrent leurs sentiments et leurs espoirs. Les deux heures qui les séparaient de Shanghai avaient passé sans qu'elles ne s'en rendent compte. Dès l'arrivée, elles mesurèrent ce qui séparait leur monde vétuste de la modernité chinoise. À Paris, à Londres, à Munich ; elles vivaient entassées, se bousculant dans les vieux tramways toujours bondés. La sécurité était une préoccupation constante, et partout où l'on regardait, tout était recouvert d'un voile de crasse. C'était le quotidien auquel elles étaient habituées. En arrivant à Shanghai, elles furent immédiatement frappées par l'éclatante propreté de la ville. Les rues luisaient, exemptes de détritus, en contraste saisissant avec les souvenirs de leur foyer lointain. L'ordre régnait avec une précision d'horlogerie, chaque élément de la ville semblant avoir été placé avec intention et soin. Les bâtiments, les parcs, même les allées piétonnes suivaient un plan soigné, créant une harmonie visuelle qui apaisait l'esprit. Ils découvrirent aussi une multitude de commodités qui dépassaient leurs attentes : des transports publics qui fonctionnaient avec une précision métronomique, des espaces publics d'un ordre et d'une netteté sans pareil, et des technologies intégrées qui facilitaient chaque aspect de la vie quotidienne. C'était une antithèse saisissante par rapport à ce qu'elles connaissaient, une démonstration de l'efficacité et de la modernité qui les étonnèrent profondément. En sortant de l'aéroport, elles furent accueillies par un ballet de drones qui transportaient marchandises et personnes à travers le ciel. Leur système de navigation centralisé organisait à lui seul tout le trafic de ces myriades de véhicules sans chauffeur. Les migrants durent monter dans ce qui ressemblait vaguement à un bus, devant les conduire au condominium où se tenait le siège de Nouvelles Chines. Il planait à deux mètres du sol et démarra sans un bruit. Le skyline de Shanghai était époustouflant. Les gratte-ciels, tels des géants de métal et de lumière, se dressaient fièrement, leurs reflets dansant sur la surface de l'eau qui serpentait avec grâce dans cette jungle urbaine. Ils étaient construits dans un nouveau matériau qui ressemblait au verre, mais avait pour propriété de capter toute lumière pour la transformer en électricité et en chauffage. C'était ainsi, en Chine, que l'on régulait tout excédent de température. L'air, cependant, était recyclé en permanence ; si pur qu'il fit tourner les têtes des trois jeunes femmes, habituées à l'air vicié de leur pays d'origine.

Jeanne, Heather et Gudrun avaient été pourvues de lunettes de réalité augmentée qui leur permettait de lire et de traduire toutes les inscriptions chinoises, rendant ainsi cet univers plus familier et accueillant. Elles arrivèrent, au terme d'un trajet agréable au siège de la Compagnie. On les orienta immédiatement vers le centre d'entraînement et d'apprentissage, qui était dédié à Confucius. Dans le hall solennel et vaste, une statue du vieux sage trônait. Immortalisé dans la pierre, il était là, assis, le regard empreint d'une sagesse intemporelle, scrutant l'avenir et le passé avec la même intensité. Sa posture était celle de la réflexion, une main posée sur le genou, l'autre tenant peut être les rouleaux des classiques ou simplement reposant en gage de sa disponibilité à l'enseignement Son visage, bien que figé dans le marbre semblait presque s'animer sous l'effet des ombres mouvantes créées par la lumière tamisée qui filtrait par les fenêtres hautes. Les traits étaient ceux d'un homme ayant longuement vécu et pensé, avec une barbe soigneusement sculptée qui lui donnait un air à la fois noble et accessible. L'intérieur du bâtiment, toutefois, ressemblait à une caserne. Les migrants devaient constituer des chambrées de trois jeunes femmes ou bien de trois jeunes hommes. Jeanne, Heather et Gudrun décidèrent donc de ne pas se séparer. Elles furent conduites dans un couloir au bout duquel était disposée une petite table. Chaque migrant devait accepter de porter un bracelet qui contrôlerait ses paramètres vitaux, mais permettrait également une localisation rapide et un espionnage constant.

Jeanne s'apprêtait à élever la voix en signe de contestation, mais alors l'employé lui montra le contrat par lequel elle avait d'ores et déjà accepté cette forme de contrôle. Désormais, Nouvelle Chine connaîtrait en permanence et en temps réel le moindre de ses mouvements, la moindre de ses paroles. La jeune Française se demanda si elle avait bien sauvé sa vie ou bien si elle venait de la perdre pour toujours.

Leur emploi du temps les éprouvait. La préparation physique réclamait des efforts intenses et répétés. Il fallait apprendre le chinois et le maîtriser assez pour comprendre sans effort les ordres qu'on leur donnerait. Enfin, il y avait un apprentissage professionnel. Jeanne s'entraînait au maniement d'une excavatrice. Grâce à la technologie, le travail des mineurs était moins pénible, mais aussi plus répétitif. Jeanne se promettait de parvenir à évoluer vers des responsabilités et des tâches plus intéressantes. Heather, quant à elle, était affectée à une machine qui réalisait le triage des minéraux. Gudrun, enfin, était initiée au maniement d'une série d'équipements médicaux dont jusqu'ici, elle avait ignoré jusqu'à l'existence. Le plus pénible pour les trois, était de s'accoutumer au port du lourd scaphandre destiné à compenser le manque de gravité et d'oxygène sur Xingfu Xing. Sa concentration était en effet trois fois moins importante que sur Terre et la gravité n'était que de 0,6. Le scaphandre contenait un dispositif capable d'extraire l'oxygène de l'atmosphère et de le concentrer afin de rendre l'air plus respirable. Le soir, épuisées, les trois filles se retrouvaient autour d'un dîner. Lors de l'un d'entre eux, Gudrun qui ce soir-là était épuisée ; n'hésita pas à se plaindre. Elle trouvait anormal de ne pas disposer d'un minimum de temps libre. Jeanne et Heather l'écoutèrent en hochant la tête. Ce n'était pas humain, leur entraînement était bien trop intensif.

Deux jours plus tard, cependant, les trois jeunes femmes furent convoquées à la direction du personnel. Le directeur, Monsieur Xun avait l'allure typique d'un petit fonctionnaire sévère, avec tous les attributs qui accompagnaient cette image très caractéristique. Sa silhouette était discrète, presque effacée, se fondant presque dans l'arrière-plan sans attirer l'attention. De stature médiane et d'allure inébranlable, on percevait son austérité mentale, son dévouement inconditionnel aux codes et aux démarches établies. Son visage, encadré par des lunettes rectangulaires à monture métallique, était sérieux et impassible, dépourvu d'expression ou de chaleur humaine. Ses traits étaient ordinaires, quasiment banals, ne laissant aucune impression durable sur ceux qui le rencontraient. Son habillement était tout aussi sobre et fonctionnel que sa personne. Il portait un costume sombre et strictement coupé, dépourvu de tout ornement ou fantaisie. Sa cravate était parfaitement nouée, ses chaussures étaient soigneusement cirées, chaque détail de son apparence semblait être conçu pour transmettre une image d'austérité et de sérieux. Bien que sans éclat et discret, il émanait de monsieur Xun une aura indéniable d'autorité et de puissance. Son regard perçant et son attitude impassible étaient suffisants pour imposer le respect et la soumission de ceux qui se trouvaient sur son chemin. Il informa Gudrun qu'on avait entendu, en haut lieu, ses commentaires déplacés. La conversation des trois jeunes femmes, dans son entier, était inappropriée. De quel droit se permettait-elle de critiquer leurs supérieurs hiérarchiques ? La formation qui leur était donnée ici demandait du courage et de l'implication surtout pour des barbares qui n'avaient pas appris la rigueur et le travail. Les ren yang devaient quitter leurs habitudes paresseuses et critiques pour épouser la voie de l'ordre et de la civilisation. Il termina en les menaçant, si elle ne s'adaptaient pas mieux alors, elles devraient rentrer chez elles, à leur frais ce qui les condamnerait à deux ans de servitude, au moins, pour rembourser les coûts engendrés. Il fallait maintenant qu'elle renonce à leur mentalité individualiste et sous-développée. En regagnant la chambrée, Jeanne prenait la mesure de ce à quoi elle avait renoncé en acceptant de signer ce contrat. Elle n'imaginait pas qu'en Chine Populaire, le pays que tous admiraient pour son développement scientifique et économique ; on puisse laisser si peu de place à l'expression des sentiments personnels. Tout cela était tellement inoffensif. Elle comprenait qu'elle devrait désormais vivre sous une surveillance constante et tatillonne. Il faudrait qu'elle surveille la moindre de ses paroles, le moindre de ses gestes. Gudrun avait perdu 120 points sur sa carte de séjour. Cela lui interdisait tout déplacement hors du centre d'entraînement. Heather et elle n'avaient perdu que 50 points ce qui les priverait dorénavant de la ration d'alcool de riz qui était distribuée chaque semaine.

Elles se disciplinèrent. Le grand départ devait avoir lieu le lendemain. Jeanne tournait un rond. Ce jour-là, un peu d'alcool de riz lui aurait fait le plus grand bien. Plus les heures passaient et plus, elle devenait fébrile et nerveuse. Pour la première fois, et peut-être pour toujours ; elle allait quitter la Terre qui l'avait vu naître. Elle tentait de préparer ses bagages, à savoir la petite valise de 30 cm sur 50 qu'elle aurait le droit d'emporter. C'était si peu de chose, comment les choisir ? Dans le vaisseau, il y aurait deux immenses dortoirs de 100 places. Les vingt membres de l'équipage chinois étaient logés dans des cabines individuelles beaucoup plus spacieuses. Il était composé de techniciens, de scientifiques et de pilotes. Les gardiens étaient avantageusement remplacés par les systèmes de sécurité les plus performants. Les colons ne pouvaient emporter que le minimum, tout le reste leur serait fourni (et facturé) sur Xing Xingfu.

C'était le grand jour. Elles prirent place dans le véhicule de l'aéroport qui cette fois, les emmena à l'Astroport, vision encore plus futuriste. Le Xingfu Tansuo conçu pour le transport des Colons les attendait. Il était flambant neuf, mesurait 200 m de long et était floqué des logos de la compagnie Nouvelles Chines : 新中国. On sépara les colons selon le sexe. Les jeunes femmes découvrirent leur dortoir, mais aucune ne se récria en constatant l'exiguïté des couches qui étaient prévues pour elles. C'étaient des fauteuils-scaphandre, tous disposés en quinconce dans cette pièce immense. Jeanne dut se débattre, comme toutes les autres pour entrer dans le sien, à la fin, il fallut se mettre en sous-vêtements sous l'œil égrillard des employés affectés au chargement. Jeanne fit une boule de ses vêtements ce qui lui permit de laisser reposer sa tête de manière plus confortable.

Heureusement, grâce à la technologie du vol interstellaire ; il ne faudrait que trois jours pour aller de la Terre jusqu'à Xingfu Xing. Le premier était le plus pénible. Le vaisseau devait s'arracher à la pesanteur terrestre et se placer en orbite géostationnaire. On mettait plusieurs heures à créer le trou de ver qui rendrait le voyage possible. Dès que le portail était prêt, le vaisseau devait encore se placer au centre avant de réapparaître de l'autre côté. Alors, il fallait voyager une dizaine d'heures pour se rapprocher de Xingfu Xing. Les dernières heures étaient consacrées au processus long et périlleux d'atterrissage sur une station qui était encor loin d'être un astroport. Le démarrage fut d'une violence inouïe. Lorsque les moteurs du vaisseau s'activèrent et que la force de propulsion commença à agir, les colons ressentirent une pression écrasante s'exercer sur leur corps. La sensation de pesanteur intense les fit suffoquer, leur souffle devenant court et saccadé alors qu'ils tentaient désespérément de s'adapter à cette nouvelle réalité physique. Leurs organes internes furent soumis à des contraintes extrêmes, tandis que leurs muscles luttaient pour maintenir une certaine mobilité sous cette force oppressante. Certains d'entre eux furent pris de vertiges et de nausées, leur estomac se retournant sous l'effet de la pression brutale exercée sur leur corps. Ils étaient maintenant en orbite et tous flotteraient dans le vaisseau s'ils n'étaient pas maintenus par leurs fauteuils. Après des heures d'attente angoissante, le message tant attendu de l'équipage résonna enfin à travers le vaisseau spatial, brisant le silence oppressant. Les colons se tinrent tous en alerte, leurs cœurs battant à l'idée de ce qui allait suivre. "Le trou de ver est prêt, nous allons sauter : dix, neuf, huit, sept, six, cinq, quatre, trois, deux, un, zéro." Chacun retenait son souffle, se préparant mentalement à l'immense saut dans l'inconnu qui les attendait. Les chiffres résonnaient comme un compte à rebours inexorable, marquant chaque instant qui les rapprochait de l'événement crucial. Puis, soudain, ce fut la lumière intense, une explosion de couleurs vives qui engloutit tout dans son éclat éblouissant. Aucun colon ne pourrait dire combien de temps s'écoula dans ce tourbillon de lumière. Le temps sembla se dilater, se plier sur lui-même, dans un étrange mélange de rapidité et d'éternité. Les moments s'étiraient à l'infini, chaque seconde paraissait durer une éternité, tandis que le voyage à travers le trou de ver semblait se dérouler en un instant fugace. Puis, aussi soudainement qu'elle était apparue, la lumière intense s'estompa, laissant place à l'obscurité relative de l'espace. Tout s'arrêta, le silence retomba, enveloppant les colons dans un calme irréel. Le saut à travers le trou de ver marquait le début d'une nouvelle ère pour ces colons. Chacun supposait que l'on était arrivé dans le système de Xingfu Xing. Les heures s'écoulaient, les colons s'inquiétaient, car le vaisseau demeurait obstinément immobile. Ils avaient consommé les trois quarts de leur eau et presque toute la nourriture. Ils aimeraient sortir de ces scaphandres qui les écrasent. Alors que les heures s'écoulaient et que l'attente devenait insupportable, les colons commençaient à ressentir un mélange d'impatience et d'inquiétude croissante. Ils supposaient que le vaisseau était arrivé dans le système de Xingfu Xing, mais l'absence de mouvement les plongeait dans un profond malaise. Chaque minute passée immobile renforçait leur anxiété, alors que les réserves d'eau et de nourriture diminuaient à vue d'œil. Ils commençaient à ressentir les premiers signes de déshydratation et de faim, aggravant leur désespoir face à la situation. Les scaphandres qui les avaient protégés pendant le voyage spatial devenaient maintenant une source de torture, les écrasant sous leur poids oppressant. Les colons se sentaient pris au piège dans ces combinaisons étouffantes, désireux de s'en débarrasser et de retrouver une liberté de mouvement qu'ils avaient longtemps pris pour acquise.

Dans la cabine de commandement, la tension était palpable. La commandante, le visage marqué par le souci et la frustration, consultait frénétiquement les panneaux de contrôle. Les membres de l'équipage se regardaient assommés par ce qu'ils avaient appris deux heures plus tôt. Les informations ne pouvaient pas les tromper. Le système de Xingfu Xing comprenait six planètes, et Xingfu était la quatrième. Malheureusement, le système dans lequel ils venaient d'arriver comprenait dix planètes et aucune communication n'était possible avec Xingfu. Ils en étaient certainement très éloignés. La commandante s'était résignée. Elle avait eu accès à des informations confidentielles. Son vaisseau était le troisième, cette année, qui disparaissait sans retour. Après des heures d'analyse et de sondage, l'équipage du vaisseau spatial parvint enfin à trouver une destination possible parmi les dix planètes du système inconnu. La troisième planète semblait présenter des caractéristiques potentiellement viables pour accueillir la vie humaine. Les données recueillies suggéraient la présence d'une atmosphère qui paraissait contenir des éléments respirables. C'était un signe encourageant dans l'incertitude qui avait enveloppé le vaisseau depuis son arrivée dans ce système inconnu. La commandante prit la seule décision possible : diriger le vaisseau vers cette planète. On se plaça en orbite. Au bout de quelques heures, une vague de soulagement gagna l'équipage. Il y avait des océans d'eau liquide, quatre continents, l'atmosphère était respirable, sans scaphandre. La taille et la gravité étaient semblables à celle de la Terre. Mais, la planète abrita de nombreuses formes de vie dont au moins une qui était intelligente. Il y avait des villes, des villages. En revanche, on ne capta aucune émission radio. Pour l'équipage, ces nouvelles étaient excellentes. Elles signifiaient que les cultures autochtones n'avaient pas atteint un haut niveau de progrès technologique, qu'il devait être très inférieur à ce qui se rencontrait sur Terre. On pouvait donc espérer qu'ils représenteraient un danger moindre pour les nouveaux arrivés. La commandante décida de poser le vaisseau dans une zone tempérée, mais assez éloignée des habitations. L'objectif était de réparer le vaisseau, de le préparer pour un nouveau saut et de rentrer sur Terre ou de rejoindre Xingfu Xing. En attendant, il faudrait construire un camp de fortune. Heureusement, des bâtiments préfabriqués, des outils, des armes et des panneaux solaires avaient été emportés.

Dans leurs dortoirs, les colons furent choqués par l'annonce "Nous allons nous poser sur une planète inconnue. Préparez-vous à un atterrissage violent. Des consignes strictes vous seront bien tôt transmises et aucune désobéissance ne sera tolérée." Les visages pâlirent et les cœurs battirent plus fort alors que les colons prenaient conscience de la gravité de la situation. Dans l'obscurité étouffante des dortoirs, les colons se préparèrent mentalement à l'épreuve qui les attendait, rassemblant leur courage et leur détermination pour affronter l'inconnu avec résolution. Ils constatèrent l'activation de leurs bracelets électroniques au niveau maximum du contrôle, celui qui permettait même de connaître leurs émotions et de prévenir le danger que ferait courir des sentiments de colère ou de révolte. Le vaisseau spatial parvint enfin à atteindre la surface de la planète inconnue dans un gigantesque fracas, secouant violemment ses occupants alors qu'il heurtait le sol avec une force terrifiante. Le bruit assourdissant du choc résonna à travers l'habitacle, faisant trembler les parois métalliques et faisant vibrer chaque fibre des colons qui se cramponnaient désespérément Des cris de panique et de peur se firent entendre dans l'obscurité de l'habitacle, mêlés au bruit des alarmes qui résonnaient dans l'air chargé d'électricité. Malgré la violence de l'impact, le vaisseau semblait avoir survécu à l'atterrissage, ses structures essentielles tenant bon malgré les forces destructrices auxquelles elles avaient été soumises.

Chapitre 3 : Un nouveau monde

Après l'atterrissage tumultueux, les colons purent enfin sortir de l'engin interstellaire, éprouvant un mélange de soulagement, de bonheur et de surprise en retrouvant la terre ferme sous leurs pieds. L'air frais et pur de la planète inconnue remplissait leurs poumons, une sensation exaltante qui les faisait presque oublier les dangers et les défis qui les attendaient. Ils regardaient autour d'eux avec émerveillement, absorbant chaque détail de ce nouveau monde avec un mélange de curiosité et d'excitation. On les laissa se détendre quelques minutes, puis on leur demanda de monter les éléments du campement de fortune. Cinq structures pour les femmes, qui contenaient vingt lits chacune, deux douches et des sanitaires. Il y en avait cinq autres pour les hommes et quatre pour l'équipage, dans lesquelles on avait installé des chambres individuelles. Enfin, il y avait une grande salle qui pouvait réunir tous les occupants du vaisseau. Il fallut monter encore les éoliennes ainsi que les panneaux solaires qui fourniraient au camp l'électricité dont il avait besoin. Malgré ces efforts, au bout de quelques jours, dans le vaisseau, la situation se détériora. Les panneaux solaires et les éoliennes ne parvenaient pas à compenser la perte de capacité énergétique qui était une conséquence de l'avarie du réacteur, cela entraînait une baisse progressive des réserves d'électricité. Toute l'équipe technique s'affairait pour le réparer. Xiao Yi, en tant que représentant du parti et responsable politique de ce vaisseau descendit dans la salle des moteurs pour mesurer l'avancée des travaux. Kang Hye-jin se tenait à l'écart, ses yeux scrutant les schémas complexes du réacteur à fusion nucléaire. Les membres de son équipe la respectaient pour son expertise et sa disposition à rester calme sous la pression. Dans les moments critiques, c'était sa voix, à la fois douce et ferme, qui rétablissait le calme et la concentration. Hye-jin savait que chaque décision comptait : la sécurité de son équipage et l'avenir de leur mission dépendaient du bon fonctionnement du réacteur qu'elle s'appliquait à préserver. Ses doigts, fins et agiles, glissaient sur les tablettes et les interfaces tactiles, commandant des opérations d'une précision vitale. La jeune femme était l'incarnation de la grâce. Dans l'éclat de la lumière, elle se tenait avec une élégance sans effort, la peau brillant légèrement sous l'éclairage doux. Ses cheveux longs et ondulés, d'un brun riche et profond, cascadaient autour de ses épaules. Son visage, d'une beauté harmonieuse, portait une expression concentrée, avec des yeux presque dorés qui trahissaient son intelligence vive. Xiao Yi ne put s'empêcher d'admirer ce visage symétrique, ce teint impeccable et ces traits délicats qui témoignaient de son ascendance coréenne. Ses yeux, quasiment clairs, étaient pleins de la concentration et de l'acuité nécessaires à son travail complexe. Sous ces yeux, un nez fin et droit menait à des lèvres qu'on devinait sensuelles lorsqu'elles n'étaient pas pincées par la concentration. Sa mâchoire, douce dans ses courbes, était tendue dans un équilibre de force et de féminité, elle possède une stature moyenne, avec des muscles définis. Sa taille marquée dessinait les contours gracieux de sa féminité. Ses jambes, longues et musclées, semblaient parfaire sa silhouette harmonieuse. Plus Yi la regardait, plus il se perdait dans sa contemplation. La ligne de son cou était longue et élancée, dévoilant la douce courbure qui conduisait à ses épaules rondes et douces. Le buste de Hye-jin était sculpté avec subtilité, sa petite poitrine se soulevait avec régularité. Son vêtement moulait légèrement ses formes délicates. Soudain Hye-jin l'appela.

Elle s'inclina poliment devant lui. Il ne put s'empêcher de remarquer la finesse subtile de l'ouverture de son corsage. "Zūnjìng, après un examen minutieux, il apparaît que les dommages subis par notre réacteur vont bien au-delà de ce que nous avions initialement prévu. Suite à l'impact, une fissure s'est formée au sein même de la chambre de fusion, ce qui nous place dans une situation délicate. Utiliser le réacteur dans son état actuel présenterait un risque considérable d'explosion, un risque que nous ne pouvons nous permettre de prendre. Malheureusement, la réparation de cette fissure dépasse nos capacités actuelles. La seule solution viable serait de procéder à la fabrication d'une nouvelle chambre de fusion, une tâche qui exigera des mois de travail acharné. Face à cette épreuve, je sollicite votre conseil, Commandant Xiao. Veuillez, je vous en prie, m'enseigner la voie à suivre, jìng shàng." Yi eut un mouvement de mauvaise humeur, il tourna le dos et les talons ; laissant Hye-jin sans réponse. Il convoqua dans l'heure tous les officiers supérieurs. La commandante du vaisseau, le responsable de la sécurité, le chef médecin et enfin Hye-jin qui dut refaire devant tous leurs yeux pleins de reproches un rapport de la situation. La scène était tendue, l'atmosphère de la salle de réunion électrique. L'impatience et la frustration de Xiao Yi avaient rapidement donné le ton. La responsabilité semblait naturellement retomber sur Hye-jin ; après tout, n'étant pas une des leurs, les Chinois la suspectaient d'être à la source du problème. Ils n'admettaient pas qu'une Coréenne, une représentante de ce peuple qu'ils avaient toujours dominé puisse en savoir pus qu'eux. Ils lui demandèrent ensuite si elle était capable de reconstruire la chambre de fusion et combien de temps cela prendrait. Hye-jin répondit, en baissant les yeux qu'elle espérait pouvoir construire une copie correcte de la chambre de fusion en quelques mois. Ils se récrièrent, mais durent accepter cette réalité difficile.

Les réserves d'électricité baissaient ; même en réduisant à rien la consommation des colons. Il fallait limiter les prélèvements d'électricité du vaisseau et donc éteindre les systèmes qui n'étaient pas indispensables à son entretien. La capitaine, qui pilotait le vaisseau, posa lors de la réunion suivante une question cruciale. Le seul moyen, selon la Coréenne, était d'éteindre le système de surveillance par lequel on contrôlait les colons. Yi et Deng, qui était responsable de la sécurité s'opposèrent violemment à cette disposition. Kang Hye-jin, prise dans le tourbillon de ce débat houleux, fut chargée de présenter les données cruciales qui étayaient la décision de la capitaine. Sa voix, bien que tremblante face à l'opposition farouche, porta à travers la salle un message clair : la survie du vaisseau dépendait de sacrifices considérables. Les injures fusèrent, un déferlement de frustration face à un choix impossible, mais cette fois, Madame Chang prit sa défense. Les heures de discussion qui suivirent furent éprouvantes, un mélange d'argumentation technique et de persuasion émotionnelle, jusqu'à ce qu'enfin, la raison et la nécessité l'emportent sur les résistances. On allait mettre en pause le système de surveillance. Avant d'éteindre leurs bracelets, on réunit les colons afin de leur expliquer que la situation exceptionnelle imposait cette décision radicale, mais que la discipline ne serait pas affaiblie, on la renforçait au contraire : désormais toute désobéissance, toute sédition serait punie de mort.

Après cette réunion, Jeanne, Heather et Gudrun se retrouvèrent. Elles étaient assises en cercle, dans l'ombre discrète de leur quartier. Leurs yeux étaient fixés sur leurs poignets, scrutant les bracelets de surveillance qui, depuis leur arrivée à Shanghai, faisait peser sur elles une surveillance constante. Le temps semblait s'étirer, chaque seconde prolongeait leur attente. L'annonce de la capitaine Chang sur la réduction nécessaire de la consommation d'électricité avait fait bondir leurs cœurs de joie. Pourtant, jusqu'à ce que cela se produise réellement, une part d'elles refusait de croire à un tel changement. Puis, soudainement, les lumières des bracelets s'éteignirent. Le geste de les retirer fut un moment de libération silencieuse. Leurs visages s'illuminèrent , mais leurs yeux restaient prudents, leurs expressions mesurées. Elles partageaient un bonheur muet, une joie qu'elles savaient devoir contenir. La liberté retrouvée était fragile, et l'équilibre de leur existence précaire pouvait être facilement bouleversé par un geste imprudent. Les gardiennes chinoises, postées non loin, observaient. Leur regard était inquisiteur, cherchant le moindre signe de désordre ou de défi. Jeanne, Heather et Gudrun le savaient bien. Avec la désactivation des bracelets de surveillance, néanmoins, un changement subtil, mais significatif s'opéra au sein de la colonie. En surface, le quotidien semblait inchangé, les routines maintenues avec la même rigueur, les tâches accomplies avec une assiduité sans faille. Toutefois, sous ce vernis de normalité, une transformation s'engageait ; Dès que les gardiennes tournaient le dos ou s'éloignaient, les langues se déliaient, libérant un flot de critiques et de commentaires qui jusque-là étaient restées inexprimés Les colons partageaient leurs frustrations concernant l'existence régie par des règles rigides, échangeaient des opinions sur les décisions de l'équipage, et exprimaient leur désir d'un traitement plus équitable et humain. Jeanne, Heather et Gudrun, comme les autres, se trouvaient à la fois encouragées et inquiètes par cette évolution. Elles savaient que ces échanges, malgré leur importance pour le moral, comportaient des risques.

Les premiers symptômes de la maladie apparurent environ une semaine après l'arrivée. Paolo, un colon italien connu pour son énergie et son optimisme, fut le premier à présenter des manifestations préoccupantes. Cela commença par une toux sèche, persistante, qui ne tarda pas à être accompagnée de violentes migraines qui le clouaient au lit, et le rendaient incapable de participer aux activités quotidiennes. John, un Anglais qui vivait dans un autre bâtiment, manifesta peu après des symptômes similaires. Assez vite la situation s'aggrava, les deux hommes développaient une forte fièvre, un indicateur clair que leur état était plus grave qu'une simple fatigue ou un mal du pays. La gravité des symptômes poussa le chef médecin à intervenir personnellement. Les deux hommes furent isolés pour éviter tout risque de propagation, tandis que le médecin-chef procédait à un examen approfondi. Équipé de son matériel médical, il effectua une série de tests : prise de température, écoute des poumons, prélèvements pour analyse. L'objectif était double : diagnostiquer la cause de ces symptômes inquiétants et élaborer un plan de traitement efficace. Le médecin-chef, avec l'aide de son équipe, travailla d'arrache-pied pour identifier l'origine de cette fièvre et ces migraines. La possibilité d'une maladie contagieuse dans un espace confiné représentait un scénario cauchemardesque qu'il fallait à tout prix éviter. Mais l'épidémie au sein de la colonie s'aggravait à une vitesse alarmante, la situation devenant rapidement critique. Après Paolo et John, trois autres hommes manifestèrent les mêmes symptômes débilitants : toux persistante, migraines sévères, et une fièvre qui ne tardait pas à escalader. En peu de temps, le nombre de cas confirmés s'éleva à cinq, accentuant la pression sur les ressources médicales déjà limitées de la colonie. La maladie semblait ne sélectionner ses victimes que parmi les hommes, ce qui soulevait des questions quant à sa nature et à son mode de transmission. Pour le médecin-chef et son équipe, la mort de Paolo fut un coup dur. Malgré leurs efforts inlassables pour comprendre et combattre la maladie, ils se retrouvaient confrontés à l'impitoyable réalité de leur situation : une infection inconnue, mortelle, se propageant au sein de leur environnement clos. Lorsque le nombre de malades atteignit trente-cinq hommes, avec déjà dix morts à déplorer, une révélation choquante vint éclairer la situation tragique qui se déroulait au sein de la colonie. Les recherches intensives du médecin-chef et de son équipe, combinées aux analyses environnementales, aboutirent à une découverte aussi stupéfiante qu'effrayante : quelque chose dans l'atmosphère de la planète était mortellement toxique pour toute vie possédant un chromosome Y. Cette révélation plongea la communauté dans une profonde consternation. Jamais auparavant une telle spécificité biologique n'avait été observée ou même théorisée dans le cadre de l'exploration spatiale. Le phénomène suggérait une forme d'incompatibilité fondamentale entre la biochimie de la planète et la physiologie masculine, causant exclusivement chez les hommes de la colonie des symptômes aux conséquences fatales. Ils confirmèrent l'hypothèse en organisant une chasse parmi tous les animaux capturés, il n'y avait que des femelles. La décision fut prise sans hésitation : tous les hommes de la colonie devaient immédiatement se réfugier dans le vaisseau, où l'atmosphère artificielle contrôlée et isolée leur offrirait une protection vitale. Cette mesure d'urgence, bien que drastique, était la seule solution viable pour garantir la survie des membres masculins de la communauté. Une fois à bord, les hommes furent placés sous la surveillance attentive du personnel médical, qui administra les soins nécessaires pour traiter les symptômes de la toxine atmosphérique. Grâce à l'environnement stable et sûr du vaisseau, les malades commencèrent à montrer des signes de récupération rapide.

La situation à l'extérieur du vaisseau devenait chaque jour plus conflictuelle, caractérisée par une montée palpable de la tension et du mécontentement parmi les jeunes femmes. Privées de la présence de leurs compagnons et soumises à une charge de travail accablante, elles se retrouvaient à bout de forces, leur épuisement se muait peu à peu en une colère sourde. Cela se traduisait par une résistance passive, mais efficace. Désormais, elles travaillaient à l'œil c'est-à-dire qu'elles ne travaillaient que lorsque leurs gardiennes les regardaient faire. Les exemples d'insubordination se multipliaient. De plus en plus autonomes, les femmes se regroupaient sans chercher l'approbation de leurs supérieures. Comme Nouvelles Chines ne remplissait pas sa part du contrat ; elles ne ressentaient plus le besoin de se conformer aux directives. La situation devenait critique. Face à cette crise, le commandant Xiao

Yi, conscient de l'urgence de restaurer l'ordre et la discipline, prit la décision controversée de réimposer les bracelets de surveillance. Cette mesure, qui serait perçue comme un retour en arrière et une dégradation de leurs conditions, risquait d'enflammer davantage les tensions. L'ordre de réunir les jeunes femmes pour leur remettre les bracelets fut exécuté par les gardiennes. Le soir précédent, dans le plus grand secret, elles les avaient préparés et réactivés. Les dix gardiennes, car on avait jugé plus prudent de ne pas employer les gardiens qui, d'ailleurs, ne voulaient plus quitter le vaisseau, pointaient leurs armes sur le groupe compact de cent jeunes femmes. Dans l'atmosphère confinée du bâtiment préfabriqué, régnait un climat de nervosité perceptible. Les jeunes femmes solidaires se tenaient fermement les unes à côté des autres, face aux dix gardiennes qui tentaient de les entourer. Les armes des gardiennes étaient braquées, avec une hésitation qui trahissait leur inconfort face à la situation. Parmi elles, les plus jeunes sentaient trembler leurs mains, révélant leur malaise croissant. Pour la première fois, elles allaient peut-être devoir employer la force. D'habitude, le contrôle permanent rendait cela inutile. Les visages des jeunes femmes menacées n'étaient pas soumis comme on aurait dû l'espérer, mais reflétaient un mélange de défi et de détermination. Elles ne cédaient pas, malgré la menace implicite des armes.

L'écho des respirations contenues semblait amplifier la gravité du moment. L'éclairage froid du bâtiment préfabriqué jetait des ombres dures sur les murs nus, accentuant la sévérité de la confrontation. L'attitude de Lena Zhang trahissait une impatience croissante face à la résistance silencieuse des jeunes femmes de la colonie. Ses mouvements devenaient brusques, son regard dur balayait le groupe avec une intensité qui ne laissait place à aucune ambiguïté quant à sa détermination à faire respecter l'ordre. La situation dégénéra rapidement alors que la lieutenante Wei Lin venait de remarquer son agressivité. Dans un geste désespéré, elle fit signe aux autres gardiennes d'empêcher l'inéluctable. Cependant, ses efforts furent vains. Lena Zhang perdit tout contrôle d'elle-même, focalisant les récriminations et injures. Dans le chaos, une jeune Irlandaise nommée Fiona fut poussée directement vers Lena. Prise de panique, sous l'effet de la pression, Lena appuya sur la détente. Le coup de feu résonna avec une brutalité glaciale à travers le bâtiment préfabriqué, rétablissant le silence. Fiona s'effondra, touchée mortellement.

Face à la tragédie soudaine et choquante de la mort de Fiona, une onde de choc parcourut la foule des jeunes femmes de la colonie. Leur douleur et leur effroi se transformèrent en une rage incontrôlable. Poussées une colère débordante, elles se jetèrent sur les gardiennes. Dans le tumulte qui s'ensuit, les surveillantes furent rapidement submergées. Les jeunes femmes, unies et n'ayant rien à perdre, parvinrent à désarmer la plupart des Chinoises. C'était un chaos total, une explosion de violence, car il y avait eu trop d'injustices et d'humiliations. Quatre gardiennes, saisissant une opportunité dans la confusion, réussirent à s'échapper. La lieutenante Wei Lin se retrouva captive, agenouillée et molestée par ces Européennes qu'elle méprisait tant. Quant à Lena Zhang, dont l'agressivité avait été le catalyseur de cette tragédie, elle subit la colère brute des jeunes femmes. On arracha ses vêtements. Puis, dans un acte de représailles aveugles, elle fut rouée de coups. Au bout de longues minutes, certaines s'acharnaient encore sur son corps sans vie. Jeanne, Heather, Gudrun, et plusieurs autres femmes firent preuve de détermination ; elles s'interposèrent pour protéger les cinq prisonnières. Dans le tumulte et l'agitation qui avaient suivi l'affrontement, elles comprenaient que continuer sur la voie de l'affrontement ne ferait qu'envenimer les choses. Elles savaient qu'une réponse brutale de la part de l'équipage était probable, suite à ces événements. Avec un membre décédé dans chaque camp, la situation, bien que tragique, offrait un maigre espoir de négociation. Grâce à leur sagesse dans la gestion de la crise, Jeanne, Heather, Gudrun, et d'autres femmes qui étaient les plus raisonnables réussirent à faire accepter le principe d'une négociation.

Elles proposèrent un accord qui permettrait de désamorcer la situation, on libérerait les captives en échange de la garantie que les bracelets de contrôle ne seraient pas réimposés. La plus jeune des captives fut choisie pour être relâchée et envoyée comme porte-parole auprès de l'équipage. Sa jeunesse et son implication indirecte dans les événements dramatiques la rendaient idéale pour cette mission délicate. Son rôle était de transmettre les conditions posées par les colons, et de témoigner de leur engagement sincère en faveur d'une solution pacifique.

L'inquiétude se lisait sur tous les visages parmi les femmes de la colonie alors qu'elles attendaient, les yeux rivés sur le vaisseau, espérant une issue à ce conflit qui avait dépassé ce que chacune d'entre elles aurait pu imaginer. Leurs espoirs reposaient sur la messagère qu'elles avaient envoyée. Elles souhaitaient trouver un terrain d'entente. Le silence qui enveloppait la colonie fut brutalement rompu lorsque la porte du vaisseau s'ouvrit. Ce qu'elles virent alors dépassa leurs craintes les plus sombres. Leurs compagnons, amis et proches, étaient forcés de sortir, mains en l'air, sous la menace directe de l'équipage. La stupeur et l'horreur se lisaient sur les visages des femmes. L'ultimatum porté par l'un des hommes manifesta clairement le péril imminent qu'ils affrontaient : la soumission aux exigences de l'équipage, y compris l'acceptation des bracelets de surveillance et des punitions décrétées, ou la condamnation à mort des hommes, hors des parois sécurisantes du vaisseau. Certaines, vociférantes, refusaient catégoriquement de se plier aux exigences de l'équipage, prêtes à tout pour défendre leur liberté nouvellement acquise. La plupart cependant, face à l'alternative présentée, ressentaient le poids écrasant de leur responsabilité et ne voulaient pas provoquer un tel crime. La réalité imposa une décision. Elles avaient le devoir de protéger leurs hommes. Cela menait à accepter les conditions exigées par l'équipage. Une jeune Française nommée Gaëlle supplia les autres de n'annoncer cette décision que le lendemain matin. Épuisées par cette journée terrible, elles acceptèrent. Au matin, cependant, on se rendit compte que Gaëlle accompagnée d'une dizaine d'autres jeunes femmes avaient quitté le camp, emportant de la nourriture et du matériel. La libération des captives devint la priorité immédiate, un moyen de communiquer à l'équipage la décision difficile prise par les colons de se soumettre aux exigences posées. La lieutenante Wei Lin fut donc libérée pour porter le message de cette acceptation contrainte. Toutefois, la réponse de l'équipage, transmise par la lieutenante à son retour, ne tarda pas à compliquer la situation. Le commandant Xiao Yi, ordonnaitit une condition stricte pour la réintégration des colons dans le vaisseau, il exigeait que chaque jeune femme manifeste sa soumission en portant le bracelet, et cela, sans exception. Il fallait retrouver Gaëlle et ses rebelles. Les efforts pour la retrouver avec son petit groupe s'intensifièrent. Plusieurs expéditions furent organisées, partant dans différentes directions à partir du camp. Chaque groupe de recherche, guidé par la détermination et l'urgence de la situation, scrutait le paysage à la recherche de leurs traces. Cependant, elles ne trouvaient pas malgré leur acharnement. Gaëlle avait été élevée loin des grandes villes, elle connaissait la nature et savait en exploiter chaque ressource. Heure après heure, jour après jour, le temps se perdait dans l'épuisement d'une recherche qui ne donnait aucun signe d'espoir

Quatre jours après le début des recherches pour retrouver Gaëlle et son groupe, sans aucun succès, la situation devint vraiment difficile. En plus, plusieurs hommes tombèrent de nouveau malades, ce qui rendait tout le monde très inquiet. Heather, très angoissée par ce qui se passait, alla voir la lieutenante Wei Lin. Elle se mit à genoux devant elle, les yeux remplis de larmes, et lui demanda de parler au commandant Xiao Yi pour qu'il laisse tout le monde rentrer dans le vaisseau. Mais le commandant Xiao Yi ne voulait pas changer d'avis. Il insistait pour que toutes les femmes de la colonie remettent leurs bracelets de contrôle. La violence de l'épidémie s'était démultipliée. Quand, au bout de trois jours, la première expédition revint désespérée et bredouille ; il y avait déjà dix morts. La situation dans le camp s'aggravait terriblement. Un homme qui avait déjà été malade fut emporté en à peine trois heures. La virulence de l'épidémie devenait alarmante. Tous ceux que la maladie avait frappés avant qu'ils ne trouvent refuge dans le vaisseau mourraient en quelques heures. Alors, les jeunes femmes repartirent avec courage. Une semaine plus tard, elles revinrent au camp, épuisées, le corps et l'esprit au bord de la rupture, après une recherche exténuante et finalement infructueuse. Non seulement elles n'avaient pas réussi à retrouver Gaëlle et son groupe, mais elles découvrirent que la situation au camp s'était dramatiquement aggravée en leur absence. La moitié des hommes de la colonie avaient succombé à la virulence accélérée de l'épidémie, laissant derrière eux un paysage de deuil et une communauté brisée par la perte. Celles qui étaient restées suppliaient l'équipage, mais se heurtaient à un mur. Une semaine plus tard, lorsque Kryzstof, un jeune Polonais rendit son denier souffle ; plus aucune supplication n'était nécessaire. Tous les hommes de la colonie avaient passé de vie à trépas, emportés par l'épidémie, mais aussi par l'obstination criminelle de Xiao Yi. Le vaisseau et ceux qu'il abritait devinrent pour elles des objets de haine et de mépris. Les décisions prises par le commandant avaient été inhumaines. Il fallait rompre tout rapport avec Nouvelles Chines, et tenter de survivre seules, sur cette planète, comme elles pouvaient. Alors, elles suivirent la même voie que Gaëlle, s'emparèrent de tout le matériel utile puis s'éloignèrent du sinistre vaisseau. Elles étaient très chargées et progressaient difficilement dans une jungle luxuriante. Elles parvinrent, au bout de plusieurs jours de marche à une petite colline, située en surplomb de la boucle d'une rivière. Les Chinois ne les avaient pas suivies et, maintenant qu'elles étaient armées, ils n'auraient guère pu s'opposer à leur fuite. Elles montèrent les préfabriqués. C'était comme un village qui sortait de terre. Quelques outils, quelques robots labouraient. Elles avaient emporté les panneaux solaires ainsi que les éoliennes. Le vaisseau devrait encore réduire sa consommation. Au bout de quelques jours, tout était installé. La communauté prenait ensemble chacune des décisions qui la concernait. Chaque jeune femme prenait la parole à tour de rôle puis on votait à bulletin secret. C'est ainsi qu'un soir, Gudrun demanda aux autres s'il n'était pas opportun d'entrer en contact avec les peuples autochtones. Ce soir-là, la discussion fut animée et passionnée. Tous les avis s'exprimèrent. Certains pensaient que ce serait un risque inutile. D'autres, au contraire, que c'était là le moyen de survivre et de s'adapter à un monde qu'elles ne connaissaient guère. À la fin, on se mit d'accord. Gudrun Heather et Jeanne seraient envoyées pour observer les indigènes sans toutefois entrer en contact. Leurs pas devaient les diriger vers une zone habitée que leurs cartes leur avait permis de situer.

Chapitre 4: La longue marche

Même pour des marcheuses entraînées, la distance à parcourir étaient assez longues. Gudrun, Heather, et Jeanne avançaient dans un monde riche de couleurs et de parfums. Autour d'elles, une végétation verte, dense et frémissante les protégeaient d'un soleil plus vif que le nôtre. Des arbres gigantesques, semblables à des gardiens vénérables, étiraient leurs branches, leurs feuillages formant un plafond vivant sous lequel elles se faufilaient. Le sol sous leurs pieds était tissé de mousses et de terre sombre, parsemé de fleurs aux couleurs éclatantes : rose, bleu, rouge vif, orangé. Ici et là, des lianes s'enroulaient autour des troncs, comme des serpents joueurs. Le chant des oiseaux remplissait l'air de musique. De temps en temps, le cri lointain d'un animal leur rappelait que ce paradis luxuriant était aussi un royaume sauvage. À mesure qu'elles progressaient, les collines se dévoilaient, offrant des vues spectaculaires sur la vallée en contrebas, où une rivière serpentait. La lumière du soleil, filtrée à travers le feuillage, jouait sur le sol créant un tableau vivant qui changeait à chaque instant. Les fruits qui parsemaient les branches des arbres tentaient les regards avec leur allure alléchante, mais face à l'inconnu, la prudence dictait de résister à la tentation de les goûter. Elles progressèrent lentement. Il leur fallut plusieurs jours pour s'approcher du village, niché dans une boucle de la rivière. Plus on s'approchait, plus il fallait se montrer attentive et furtive. Elles marchaient à couvert, restaient discrètes et vigilantes. Elles n'avaient pas encore rencontré de prédateurs, mais une telle jungle devait regorger d'animaux dangereux et venimeux. La température était celle d'un éternel printemps. Plus elles avançaient plus elles étaient charmées par ce monde qui leur semblait paradisiaque. Enfin, elles parvinrent à l'orée du village. Bien cachées, elles utilisèrent leurs jumelles pour observer les habitants. Elles découvrirent avec surprise leur aspect familier. Les trois exploratrices furent émues par l'apparence des villageoises. Leur peau, d'une blancheur nacrée, était comme rehaussée d'un voile doré qui captait la lumière du jour pour la renvoyer en une lueur douce. Chaque geste qu'elles faisaient paraissait chargé de grâce, leurs silhouettes graciles se mouvant avec une fluidité qui captivait le regard. Les cheveux dorés des villageoises tombaient en cascades lumineuses sur leurs épaules rondes. Leurs poitrines étaient menues et fermes. Les villageoises alliaient une condition physique tonique à une séduction naturelle. Enfin, leurs oreilles étaient pointues comme celles des elfes des légendes terrestres. Les Elfes étaient vêtues de robes confectionnées dans une sorte de coton translucide, dont les couleurs pastel se fondaient avec le paysage. Ces teintes douces, enveloppaient leurs corps graciles d'une aura de douceur. Le tissu, léger comme l'air, flottait autour d'elles à chaque mouvement, soulignant leur charme naturel. Ces robes, attachées sur leur nuque, ce qui laissait leur dos dénudé, étaient d'une élégante simplicité. Leur jupe, s'arrêtant à mi-cuisse, permettait d'apprécier la finesse de leurs jambes.

Comme prévu, leur technologie semblait assez rudimentaire. Les "elfes" devaient maîtriser la métallurgie, la roue, l'élevage, l'agriculture. Elles savaient le tissage, la poterie. Leurs bâtiments manifestaient une remarquable maîtrise de l'architecture et de l'urbanisme. Les maisons du village elfique, édifiées en pierre, se dressaient avec grâce, légèrement surélevées pour mieux s'intégrer au paysage ondoyant de la forêt. Leur construction rappelait le style gothique flamboyant, bien que transposé avec une touche organique qui se mariait avec l'environnement naturel. Chaque bâtisse arborait des arcs et des fenêtres ogivales élancées, encadrées de délicates sculptures en pierre. Les façades étaient ornées de motifs floraux et naturels, ou de bas-reliefs représentants de jeunes elfes enlacées ajoutant qui captaient le regard et stimulaient l'imagination. La pierre, bien que robuste, était travaillée avec une telle finesse qu'elle semblait presque légère. Les toits s'adaptaient pour répondre aux besoins de la vie en forêt. Ils étaient recouverts de tuiles d'argile. Les fondations surélevées permettent à l'eau de la rivière et aux créatures de la forêt de circuler librement. Le village était orné de statues sculptées dans une sorte de marbre translucide. Une première statue représentait une elfe nue, allongée sur le dos sur un lit de pétales de fleurs. Ses jambes étaient écartées et ses bras étaient levés au-dessus de sa tête, comme si elle était en extase. Son corps était fin et gracieux, avec des courbes douces et délicates qui se dessinaient sous sa peau lisse et translucide. Sa poitrine était petite, mais ferme, avec des mamelons qui pointaient vers le ciel. Son visage était serein et paisible, avec des yeux fermés et des lèvres légèrement entrouvertes. La statue était sculptée avec une telle précision qu'on aurait dit que l'elfe allait se réveiller à tout moment. La deuxième statue représentait deux elfes nues, enlacées dans une étreinte passionnée. L'une était assise sur les genoux de l'autre, ses jambes enroulées autour de sa taille. Elles se regardaient dans les yeux, avec des expressions d'amour et de désir brûlant sur leurs visages. Leurs corps étaient pressés l'un contre l'autre, avec des courbes qui se fondaient parfaitement. Leurs seins étaient écrasés l'un contre l'autre, on imaginait que leurs mamelons se dressaient de désir. Les mains de l'elfe assise exploraient le corps de l'autre, ses doigts habiles caressaient et pétrissaient la peau lisse et translucide. Les deux statues étaient incroyablement détaillées, avec des veines et des muscles qui semblaient se dessiner sous la surface de marbre. Les poses suggestives et les expressions de désir sur leurs visages étaient si osées qu'Heather et Jeanne ne purent les regarder sans rougir de gêne et d'excitation. Les observatrices comprirent assez vite, que les autochtones avait des normes de comportement intime très libérales. Plusieurs fois, elles étouffèrent un cri de surprise en les voyant échanger publiquement des gestes tendres. Elles observèrent tout d'abord deux elfes qui se tenaient la main en marchant dans la rue, leurs doigts entrelacés et leurs yeux brillants du bonheur qu'elles venaient sans doute de se donner. Un peu plus loin, une elfe assise sur les genoux d'une autre, serraient ses bras autour de son cou, tandis qu'elles chuchotaient et riaient. Dans un parc, deux elfes étaient allongées sur l'herbe, leurs corps entrelacés et leurs mains caressant doucement la peau de l'autre sous le vêtement léger. Elles furent encore plus surprises lorsque quelque temps plus tard, elles assistèrent à une dispute entre deux elfes. Le ton montait rapidement, les yeux lançaient des éclairs et les poings se serraient. Les deux elfes se regardaient avec fureur, car chacune était certaine d'être dans son bon droit. La première portait une courte tunique vers, son corps était délicieusement svelte, une longue chevelure blonde cascadait sur ses épaules et dans son dos. La seconde portait une tunique d'un bleu profond, son corps était musclé, exercé pour la lutte ou le combat. Ses cheveux noirs d'ébène étaient réunis en tresses qui formaient un arrangement complexe, orné de rubans. Soudain, l'elfe brune s'empara de la main de son adversaire qu'elle tira brutalement vers elle. Sans rien demander, elle embrassa ses lèvres. Contente, elle la regarda d'un air de défi. Le baiser avait été audacieux et passionné ; intense au point de troubler l'elfe blonde qui se sentait comme frappée par l'éclair et son cœur palpitait dans sa poitrine qui se tendait. Elle était toujours figée par ce baiser inattendu lorsque, de manière aussi péremptoire ; la brune entreprit de la déshabiller. Ses doigts agiles dégrafèrent sa tunique qui glissa le long de son corps comme une caresse. Après un geste si audacieux, elle se mordit les lèvres en contemplant cette poitrine ronde dénudée, ces tétons roses qui pointaient comme pour la défier encore. Son regard contempla son adversaire de la tête aux pieds, s'arrêtant sur l'entrejambe imberbe qu'elle devinait humide. Folle de désir, elle arracha presque sa propre tunique. Leur deuxième baiser fut plus sensuel encore que le premier, lent, doux, empli d'une passion qui les fit frissonner de concert. Leurs lèvres s'unirent et s'ouvrirent, leurs langues dansaient, et leurs mains se promenaient sur les courbes si mignonnes de leur compagne. Ivres de désir, elles s'allongèrent sur l'herbe douce et fraîche, leurs corps tremblants se pressant l'un contre l'autre. Chacune pouvait contre elle sentir palpiter la vie de son adorable compagne, leurs seins se pressaient, leurs jambes si fines s'entrelaçaient. Leurs sexes collés l'un contre l'autre se caressaient avec douceur d'abord puis avec toujours plus d'intensité ce qui les faisait gémir de plaisir. Leur mouvement devint rapide puis frénétique ; leurs plaintes se changèrent en cris. Elles sentaient l'orgasme les saisir ensemble, monter comme une vague qui allait les submerger. Elles se serrèrent l'une contre l'autre, leurs corps comme tétanisé alors que le plaisir les frappait avec la violence d'un ouragan, les laissant tremblantes et hors d'haleine. Pendant un long moment, elles demeurèrent enlacées là, reprenant peu à peu haleine. Enfin, elles échangèrent un dernier baiser. Elles étaient réconciliées. Sans un mot, elles reprirent leur travail, comme si rien ne s'était passé. Heather et Jeanne étaient stupéfaites par ce qu'elles venaient de voir. Cette façon de régler les conflits par le plaisir sexuel était totalement étrangère à leur culture. Gudrun pouffa de rire en voyant l'expression étonnée d'Heather. Elle lui expliqua que ce comportement lui rappelait ce que sur Terre, on racontait des Bonobos, une espèce de grands singes qui règlent tous leurs conflits par des relations sexuelles.

Il y eut une autre surprise. Alors que le village n'était habité que par des femmes, de nombreuses fillettes couraient à travers ses rues. Gudrun se demandait comment cela était possible. Les autochtones maîtrisaient-elles la génétique ? Quel pouvait-être leur mode de reproduction ? Les enfants apportaient là, une vie et un dynamisme qui mirent presque les larmes aux yeux de Terriennes perdues loin de leur monde et qui avaient abandonné l'espoir d'être mères un jour. Elles étaient surveillées par des adultes bienveillantes. Cependant, ce premier contact leur fit espérer en la possibilité d'engager avec ces "elfes", une relation pacifique. Alors, elles furent subjuguées par un phénomène étrange. Elles virent des objets voler dans le ciel, c'étaient des sortes de chaises. Une elfe semblait mener ce ballet. Par des gestes précis, elle les disposait en cercle comme pour une cérémonie. Une dizaine de villageoises qui paraissaient plus âgées prirent place sur ces sièges. Puis le village s'assembla. Au centre, plusieurs jeunes filles étaient rassemblées. L'une d'entre elles fut choisie et acclamée. Quelle pouvait être la signification de ce rituel ? Renonçant à le savoir, les Terriennes se retirèrent à pas de loup. Elles reprirent leur chemin dans l'autre sens ; intarissables sur ce qu'elles venaient de voir. Elles escaladèrent la colline qui surplombait le village puis, derrière, retrouvèrent leurs traces et prirent le parti de se reposer quelques heures.

Elles reprirent la route le lendemain à l'aurore ; mais elles ne marchaient que depuis une vingtaine de minutes quand elles entendirent des cris perçants déchirer l'air. N'écoutant que son émotion, Jeanne se précipita suivie bon gré, mal gré par ses deux compagnes. Combien de temps durent-elles courir ? Lorsqu'elles arrivèrent, Heather, Gudrun et Jeanne furent à la fois choquées et fascinées par le spectacle qui s'offrait. La jeune elfe qui avait été choisie était enchaînée nue à un rocher, en position de croix, les membres écartés. Sa peau pâle et délicate contrastait avec la rugosité du rocher, créant une image à la fois épouvantable et ravissante. Sa chevelure dorée tombait en cascade sur ses épaules, encadrant son visage fin et délicat. Ses lèvres étaient ouvertes, laissant entrevoir ses dents blanches et parfaites. Ses seins étaient fermes et hauts, ses hanches étroites et sa taille fine. Ses jambes étaient longues et élancées, ses pieds délicats reposaient sur la pointe des orteils. La jeune elfe hurlait alors qu'une araignée géante s'avançait vers elle, ses yeux exorbités trahissant sa terreur. Ses cris déchiraient l'air, résonnant dans toute la clairière. Les pattes velues de l'araignée claquaient sur le sol tandis qu'elle s'approchait lentement de sa proie, sa silhouette monstrueuse se découpant dans la lumière. La jeune elfe se débattait désespérément, tirant sur ses chaînes avec toute sa force, mais elle était retenue solidement en place. Elle ferma les yeux et poussa un cri rauque alors que l'araignée était maintenant à quelques centimètres d'elle, ses mandibules s'ouvrant et se refermant avec un bruit sinistre. Les cris de la jeune elfe résonnaient dans toute la clairière, tandis que l'araignée géante s'approchait progressivement, mais sûrement de sa proie. Gudrun et Heather étaient pétrifiées, incapables de bouger ou de réagir face à cette scène cauchemardesque. Mais Jeanne n'écoutait que son cœur. Elle se précipita vers l'araignée, tirant sur le monstre avec son arme de défense. Le premier tir brûla l'une des pattes de l'araignée, qui se retourna aussitôt vers elle. Le deuxième tir ricocha inutilement sur la carapace de l'animal, qui se mit alors à courir vers Jeanne avec une rapidité effrayante. La jeune femme glissa sur le sol humide et se retrouva sur le dos, impuissante face à l'araignée qui se dressait maintenant au-dessus d'elle, prête à l'empaler de sa patte acérée. Dans un dernier sursaut d'énergie, Jeanne tira une troisième fois. Cette fois, le tir toucha l'araignée en plein cœur, qui poussa un cri strident avant de s'effondrer sur le sol. Elle eut à peine le temps de se dégager avant que la carcasse de l'animal ne s'écrase lourdement à côté d'elle. Elle resta allongée sur le sol, haletante et tremblante, tandis que Gudrun et Heather accouraient pour s'assurer qu'elle allait bien. La jeune elfe, quant à elle, avait cessé de crier et regardait la scène avec des yeux écarquillés. Elle semblait à la fois terrifiée et émerveillée par le courage de Jeanne, qui venait de sauver sa vie au péril de la sienne. Les chaînes étant simplement nouées, il ne fut pas difficile de les défaire. L'elfe se retrouva libre. Elle serra Jeanne dans ses bras pour la remercier de l'avoir sauvée de l'araignée géante. Jeanne était émue par ce geste de gratitude, mais elle se troubla parce que l'elfe ne portait pas le moindre vêtement. Elle pouvait sentir la chaleur du corps de l'elfe contre le sien, et cela la faisait frissonner. Dans l'Europe du XXIVe siècle, l'homosexualité était considérée comme une perversion. Cependant, sentir contre elle le corps frémissant d'une elfe nue la perturbait profondément. D'un autre côté, sa peau était douce et chaude, et ses courbes étaient gracieuses. Jeanne eut envie de la caresser, de sentir ses lèvres contre les siennes. Mais elle savait que c'était mal, et elle se sentit coupable et honteuse de ces pensées. Elle se dégagea doucement de l'étreinte, en essayant de cacher sa confusion. Elle se tourna rougissante, vers Gudrun et Heather, qui avaient assisté à la scène en silence. Heather semblait alarmée pour elle tandis que Gudrun s'amusait de la situation. La jeune femme était délicieuse. Elle mesurait environ 1m 55, était plus petite que Jeanne. Elle avait un visage d'une douceur étonnante, des sourcils fins et arqués, de grands yeux étonnés d'un bleu profond, des pommettes hautes, un nez mutin. Ses cheveux tombant en longues boucles étaient d'un blond délicieux., Enfin, il y avait ces fines oreilles pointues qui caractérisaient celle de son espèce. Son corps était élancé et gracieux, avec des courbes douces et harmonieuses. Sa peau était d'un blanc laiteux, presque translucide, ce qui laissait deviner les veines bleutées qui couraient sous sa surface. Ses seins étaient fermes et bien dessinés, surmontés de mamelons roses et délicats. Ses hanches étaient étroites, mais ses fesses rebondies et musclées. Ses jambes étaient longues et fines, avec des muscles bien dessinés qui témoignaient de son agilité et de sa force. La fente de sa vulve s'offrait impudique aux regards des trois amies. L'adorable ouverture était parfaitement lisse et épilée, ce qui la rendait encore plus visible et vulnérable. Jeanne ne put s'empêcher de rougir en la voyant. Elle sentait son cœur battre de plus en plus fort dans sa poitrine, et une chaleur envahir son corps, tandis qu'elle continuait à observer cette créature magnifique qui se tenait devant elle. Heather était trop gênée. Heather était trop gênée pour continuer à regarder l'elfe nue. Elle fouilla dans son sac à dos et en sortit une tenue simple, composée d'un short et d'une chemise beiges. Elle les tendit à l'elfe, qui les regarda avec curiosité. L'elfe semblait ne pas comprendre pourquoi on lui offrait des vêtements, mais elle observa les terriennes et remarqua leur gêne. Avec une grâce naturelle, elle enfila la tenue. Les vêtements étaient simples, mais l'elfe les portait d'une manière qui les rendait incroyablement attirants. Elle avait attaché la chemise à la taille, laissant entrevoir sa peau si douce et ses abdos parfaitement sculptés. Le short, quant à lui, moulait parfaitement ses fesses rebondies et ses jambes longues et fines. Elle avait relevé ses cheveux en une queue de cheval haute, laissant apparaître son cou gracieux et ses oreilles pointues. Les terriennes étaient étonnées de voir à quel point l'elfe pouvait être belle même dans des vêtements aussi simples. Elles n'auraient jamais cru que l'on puisse arranger un short et une chemise de manière aussi séduisante. Jeanne ne put s'empêcher de remarquer la façon dont l'elfe se mouvait avec une élégance naturelle, comme si elle était née pour porter ces vêtements. Elle avait l'air à la fois décontractée et sophistiquée, et comme mise en valeur par la simplicité de sa tenue.

Les Terriennes voulurent lui faire comprendre qu'elle était libre et qu'elle pouvait partir. Mais, la jeune elfe semblait décidée à s'attacher à leur pas. Après plusieurs tentatives, elles renoncèrent ; elles acceptèrent cette compagnie qui bouleversait leurs plans et se préparèrent aux remontrances de leurs compagnes. C'était somme toute logique, l'elfe aurait dû être tuée par l'araignée et elle ne pouvait pas revenir dans son village. Elle avait été offerte en sacrifice, mais Jeanne l'avait sauvée dans un acte probablement sacrilège. Jeanne ne comprenait pas comment un peuple apparemment si doux pouvait s'adonner à une pratique si cruelle. Mais l'elfe ne parlait pas leur langue et ne comprenait rien aux questions qu'elle aurait bien voulu lui poser. Elle se contentait de les suivre avec, dans les yeux, une reconnaissance et un amour que rien ne paraissait pouvoir démentir. Jeanne, particulièrement, paraissait l'objet de toutes ses attentions. . L'elfe accompagnait Jeanne de près, écartant avec soin les branches qui pouvaient gêner son chemin. Jeanne aurait aimé lui exprimer que ces précautions étaient superflues, mais elle ne trouvait pas les mots pour le faire. Malgré cela, elles parvinrent à échanger leurs noms. L'elfe paraissait éprouver quelques difficultés avec la prononciation des noms humains, les transformant en "Tchan" pour Jeanne, "Isère" pour Heather et "Godlone" pour Gudrun. De leur côté, elles crurent saisir que l'elfe se nommait "Lisaelle". Le soir, elles campèrent dans une petite clairière. Lorsque Jeanne sentit le corps de l'elfe contre le sien, elle n'osa presque plus respirer. Elle pouvait sentir contre elle la chaleur de son corps et la fermeté de ses seins. Elle ne voulait pas bouger, de peur d'encourager l'elfe à aller plus loin. Elle décida donc de rester immobile et de ne rien dire. Cependant, cette proximité physique la troublait profondément. Elle n'avait jamais été aussi proche d'une autre femme, et elle ne savait pas comment réagir. Elle avait été élevée dans une culture où cette sorte de chose était interdite, et elle avait toujours réprimé ses désirs pour les femmes. Cette nuit-là, ses rêves furent étranges et confus. Elle rêva de l'elfe, de sa beauté et de sa grâce ;; elle la revit dans sa nudité si vulnérable. Elle se réveilla en sueur, le cœur battant, effrayée et incroyablement excitée par ce qu'elle avait ressenti. Pendant la longue marche du retour, grâce à Lisaelle, elles purent économiser les provisions qu'elles avaient apportées. La jeune elfe, dotée d'une connaissance impressionnante de la flore environnante, se révéla être un guide inestimable. Elle les initia aux délices de la forêt, leur montrant quels fruits étaient comestibles, sans danger, et surtout savoureux. Avec des gestes précis et attentionnés, Lisaelle leur indiqua les fruits comestibles. L'un d'eux, qu'elle désigna avec un sourire, attira particulièrement leur attention. C'était une petite baie scintillante, qu'elle cueillit délicatement avant de l'offrir à ses compagnes humaines. Sans mots, mais avec une confiance implicite, elles goûtèrent ce fruit lumineux, découvrant une saveur sucrée et rafraîchissante qui ravit immédiatement leurs papilles. Un autre moment de découverte partagée fut lorsqu'elle les mena vers un arbuste portant des fruits d'une riche teinte pourpre. Lisaelle caressa doucement le fruit, puis l'ouvrit pour en révéler l'intérieur rougeâtre. Elle le porta à sa bouche, signe évident qu'il était bon à manger. Les femmes suivirent son exemple, s'émerveillant du goût complexe et épicé de ce fruit, qui leur rappelait vaguement des saveurs de la Terre, mais avec une exotique singularité.

Chapitre 5: Séduction

Au bout de trois jours de marche, elles regagnèrent le camp. L'arrivée de Lisaelle souleva une vague d'émotion et de curiosité. Les naufragées se pressaient autour d'elle. La jeune elfe, intimidée, serrait fortement la main de Jeanne qu'elle semblait avoir adoptée comme sa marraine et sa protectrice parmi les humaines. Jeanne, habituée à cette proximité amicale, la trouvait plaisante. Elle était flattée d'avoir établi une connexion particulière avec l'elfe que chacune admirait. Cependant, les trois exploratrices furent sommées de s'expliquer ; elles n'avaient pas respecté les instructions qu'on leur avait données. Toutes les Terriennes s'assemblèrent en cercle autour d'Heather, Gudrun, Lisaelle et Jeanne. Jeanne prit la parole, raconta comment elles avaient rencontré Lisaelle et pourquoi celle-ci les accompagnait encore. Jeanne avait sauvé cette jeune femme sur le point d'être dévorée par une araignée géante. Alors que certaines approuvaient le choix de Jeanne ; Pilar, une Espagnole au regard sévère explosa. Ce qu'avait fait Jeanne était stupide et inconsidéré ; elle s'était mêlée d'une question locale sans en comprendre ni les tenants, ni les aboutissants. Pilar se répandit en critiques acerbes. En interrompant le sacrifice, Jeanne avait peut-être transformé ces elfes dont on ne savait rien en ennemies mortelles. D'autres voix se joignirent pour condamner son inconscience et sa légèreté. Jeanne se recroquevillait sous les critiques perdant toute contenance et toute confiance en elle. Mais la main de Lisaelle se faisait chaleureuse et calmait les émotions qui menaçaient de la submerger. Elle avait bien fait de tenir ; car, maintenant, des voix s'élevait en sa faveur. Elle s'était montrée humaine, noble et courageuse. Plusieurs jeunes femmes l'applaudissaient. Alors, elle reprit courage et sut argumenter. Ce monde leur était inconnu ; il recelait de nombreux pièges et des dangers qu'elles n'étaient pas capables de concevoir ni même d'imaginer. La présence de Lisaelle, parmi elles, leur donnait plus de chance de survivre. Lisaelle connaissait ce monde et leur enseignerait comment y survivre et y vivre. C'était pourquoi, sans doute, elle s'était trouvée sur leur chemin.

Toutes ne furent pas convaincues par ce discours ; mais il calma l'esprit des plus inquiètes. Les reproches ayant été formulés ; il convenait désormais d'attendre pour voir si la décision avait été bonne ou mauvaise. Quoi qu'il en soit, elle avait été prise et il était impossible de revenir en arrière. Il leur fallait à toutes, accepter la situation telle qu'elle venait de se dessiner. Heather et Gudrun, la remercièrent d'avoir pris ses responsabilités et se montrèrent plus que jamais solidaires de leur amie. Jeanne était fourbue. Elle décida de prendre une douche pour se rafraîchir et se laver de la poussière du voyage. Elle entra dans la cabine et retira un à un ses vêtements sales. Elle se tenait à présent nue sous la douche, laissant l'eau chaude couler sur son corps. Elle ferma les yeux et soupira de soulagement en sentant la chaleur de l'eau apaiser ses muscles endoloris. Elle prit le savon et commença à se laver, faisant mousser le savon sur sa peau. Elle frotta doucement son corps, en prenant soin de nettoyer chaque recoin. Elle se sentait revigorée et régénérée par le doux cours de l'eau chauffée. La porte s'ouvrit. Jeanne était sous le choc. Elle ne s'attendait pas à ce que Lisaelle entre dans la cabine de douche alors qu'elle était nue. Elle se sentait vulnérable et exposée, et elle ne savait pas comment réagir. Elle fit un signe à Lisaelle pour qu'elle parte, mais la jeune elfe ne semblait pas comprendre ou bien ne pas vouloir comprendre. Elle commença à se déshabiller, révélant son corps parfaitement sculpté. Jeanne détourna les yeux, se sentant gênée et troublée. Elle avait l'impression d'être prise au piège dans une situation qu'elle ne contrôlait pas. D'autorité, Lisaelle prit un savon, une petite éponge. Lorsque Lisaelle entra dans la douche, elle ne put s'empêcher de frissonner. L'elfe commença à la laver avec douceur, ses mains glissaient sous la peau savonneuse. Elle se sentait fragile et vulnérable ; mais elle n'avait plus la force de la repousser, au fond, elle ne souhaitait pas que cela s'arrête. Les mains si douces de Lisaelle exploraient chaque centimètre de son corps. Jeanne se sentait plus détendue et excitée qu'elle ne l'avait été depuis longtemps. Elle ferma les yeux et se laissa aller à cette sensation agréable. Lisaelle lui lava les cheveux avec douceur, massant son cuir chevelu avec des mouvements circulaires apaisants. Jeanne sentit toute tension quitter son corps. Ensuite, l'elfe passa l'éponge sur ses seins, les caressant doucement avec ses doigts habiles. Jeanne sentit ses tétons se dresser sous la caresse de Lisaelle, et elle ne put réprimer un soupir de plaisir. Lisaelle continuait, les pressant tendrement et les caressant avec une délicatesse experte. Jeanne sentit une vague de chaleur monter en elle, se propageant à partir de ses seins et se répandant dans tout son corps. Ensuite, elle sentit l'éponge glisser sur son entrejambe, et ne put réprimer un frisson de plaisir. Lisaelle la caressait lentement, et Jeanne sentit son corps réagir instantanément. Elle ferma les yeux et laissa échapper un soupir. Jeanne était un mélange de chaleur, de picotements et de pulsations dans son entrejambe. Elle sentait l'éponge douce et humide glisser sur sa peau sensible, titillant ses nerfs. Les doigts habiles de Lisaelle exerçaient une pression légère, mais ferme sur son clitoris, faisant naître en elle une vague de plaisir qui montait peu à peu. Elle sentait son corps se tendre, ses muscles se contracter et son souffle s'accélérer. Elle avait l'impression de perdre pied et elle se laissait aller à cette sensation avec une sorte d'abandon. C'était comme si son corps tout entier était en train de s'éveiller et elle avait envie de se laisser emporter par cette vague de volupté. Mais soudain, elle réalisa ce qui était en train de se passer et elle paniqua. Elle ne pouvait pas laisser Lisaelle continuer, elle ne pouvait pas perdre le contrôle d'elle-même comme ça. Elle se ressaisit et sortit précipitamment de la douche, le corps encore tremblant de désir. Jeanne était horriblement gênée d'avoir éprouvé du plaisir lorsque Lisaelle avait passé l'éponge sur ses seins et son entrejambe. Elle refusait d'admettre ce qu'elle venait de ressentir, car en France, les personnes qui se laissaient aller à de tels penchants étaient marginalisées et considérées comme des malades. Elle avait toujours été attirée par des femmes, mais elle avait appris à réprimer ses désirs et à les cacher. Elle avait peur d'être rejetée par sa famille et ses amis, et elle ne voulait pas être étiquetée comme une déviante ou une malade mentale. Elle se souvenait de certaines camarades de classe et d'amies qui lui avaient fait ressentir des émotions qu'elle ne comprenait pas à l'époque. Jeanne se souvenait de l'une de ses camarades de classe au collège, une fille nommée Julie. Elle était brune, avec des yeux verts et un sourire contagieux. Elle était toujours joyeuse et pleine d'énergie. Jeanne avait toujours aimé passer du temps avec elle, que ce soit pendant les cours ou en dehors. Un jour, alors qu'elles étaient toutes les deux en train de faire leurs devoirs chez Julie, celle-ci avait posé sa main sur la cuisse de Jeanne. Au début, Jeanne n'y avait pas prêté attention, pensant que c'était un geste innocent. Mais lorsque Julie avait commencé à caresser doucement sa cuisse, Jeanne avait senti une étrange sensation monter en elle. Elle avait senti son cœur s'accélérer et une chaleur envahir son corps. Elle ne comprenait pas ce qu'elle ressentait, mais elle savait que c'était différent de tout ce qu'elle avait ressenti auparavant. Elle s'était levée précipitamment, prétextant un mal de tête, et avait quitté la maison de son amie en courant. Elle avait passé le reste de la soirée enfermée dans sa chambre, essayant de comprendre ce qui lui était arrivé. Elle se rappelait aussi des inconnues croisées par hasard dans la rue et qui avaient éveillé en elle des désirs qu'elle avait immédiatement réprimés. Jeanne se rappelait une journée d'été où elle s'était rendue à la plage avec des amies. Alors qu'elles cherchaient un endroit pour s'installer, elle avait croisé le regard d'une femme allongée sur une serviette. Elle avait des cheveux courts blonds et un corps athlétique bronzé. Leur regard s'était croisé pendant une seconde à peine, mais cela avait suffi à faire battre le cœur de Jeanne plus vite. Durant toute la journée, elle avait senti le regard de la femme sur elle. Elle avait essayé de l'ignorer, de se concentrer sur la conversation avec ses amies, mais elle ne pouvait pas s'empêcher de jeter des coups d'œil furtifs dans sa direction. Elle avait imaginé ce que cela ferait de l'embrasser, de caresser sa peau chaude et salée de sentir son corps contre le sien. Après la plage, Jeanne était rentrée chez elle, encore troublée par les émotions qu'elle avait ressenties en voyant les femmes en bikini. Elle s'était enfermée dans sa chambre et avait essayé de se concentrer sur autre chose, mais ses pensées revenaient sans cesse à ce corps féminin qui l'avait tant attirée. Elle s'était allongée sur son lit, les yeux fermés, et avait laissé ses mains explorer son propre corps. Elle avait commencé par effleurer ses seins, les caressant doucement à travers son t-shirt. Puis, elle avait glissé sa main sous son slip, sentant la chaleur de son entrejambe. Elle avait hésité un instant, mais la sensation était trop agréable pour qu'elle s'arrête. Elle avait commencé à se caresser lentement, explorant son corps avec curiosité et excitation. Elle avait senti le plaisir monter en elle, de plus en plus fort, jusqu'à ce que pour la première fois de sa vie, elle atteigne le plaisir. Les jours suivants, il y eut d'autres douches. Le lendemain, Lisaelle lui donna le savon et la petite éponge. Jeanne hésitait : accepter cette invitation, c'était peut-être perdre le contrôle que, jusque-là, elle avait su garder. Mais la dernière chose qu'elle souhaitait, était de blesser son amie. Alors d'une main tremblante, elle fit glisser l'éponge sur sa peau si soyeuse. Puis plus tremblante encore, elle étala la mousse. Son cœur battait à tout rompre. L'elfe ne pouvait ignorer ses hésitations, ses rougeurs, sa respiration irrégulière qui trahissait son désir et son excitation. Mais elle ne voulait pas gêner Jeanne et faisait semblant de ne pas s'en apercevoir. Heather et Gudrun, les regardaient moqueuses sortir de leur douche. Toutes les naufragées avaient remarqué ce qui était en train d'arriver. Certaines, comme Pilar, encore victime de leurs préjugés méprisaient Jeanne parce qu'elle était en train de succomber. D'autres, les plus nombreuses, l'excusaient et commençaient à se dire que dans un monde sans hommes, il était bien normal qu'une jolie fille comme elle, cherche le réconfort dans les bras d'une autre femme ou elfe. Lisaelle était devenue "la femme de Jeanne" et la plupart acceptaient cet état de choses. Gudrun, quant à elle, se savait homosexuelle depuis très longtemps. Ce n'était pas sans une pointe de jalousie qu'elle considérait les égards de l'elfe envers son amie, d'autant plus, que celle-ci hésitait à en profiter.

Au bout de quelques jours, Jeanne ne pensait plus qu'à Lisaelle et ne vivait plus que par elle. Il fallait l'admettre, elle était tombée amoureuse. Alors, quand l'elfe se déshabilla pour venir la rejoindre dans sa couche, Jeanne trembla, mais ne la repoussa pas. Jeanne sentit son cœur s'emballer lorsque Lisaelle posa ses lèvres sur les siennes. Elle hésita un instant, mais ne put résister à l'envie de répondre à ce baiser. Elle ferma les yeux et se laissa emporter. Elle sentit les mains de Lisaelle se poser sur ses hanches, la rapprochant encore plus de son corps chaud et ferme. Jeanne frissonna de plaisir en sentant les courbes de Lisaelle contre les siennes, et elle réalisa qu'elle ne voulait plus résister à ce désir qui montait en elle. Elle passa ses bras autour du cou de Lisaelle et se laissa aller complètement à ce baiser passionné. Jeanne frémit au contact des mains de Lisaelle sur ses seins, les caressant doucement et les pinçant légèrement. Elle pouvait sentir la chaleur de leur corps se mélanger, créant une sensation de désir intense. Les mains de Jeanne glissèrent le long du dos de Lisaelle, sentant chaque courbe et chaque muscle. Elle pouvait sentir le corps de Lisaelle se tendre sous ses doigts, répondant à ses caresses. Leurs respirations s'accélérèrent pendant qu'elles avançaient dans l'intime exploration de leur être, se perdant dans le plaisir qu'elles se donnaient mutuellement. Jeanne sentit le renflement de la vulve de l'elfe qui se posait contre la sienne, et elle ne put réprimer un gémissement de plaisir. Lisaelle répondit à ce gémissement en pressant son bassin contre celui de Jeanne, créant une friction délicieuse entre leurs sexes. Les deux femmes se laissèrent aller à ce ballet érotique, leurs corps ondulant l'un contre l'autre dans un rythme de plus en plus rapide. Leurs souffles se mêlaient, leurs gémissements gagnaient en intensité, alors que la tension montait en elles. Jeanne sentit une vague de plaisir la submerger, tandis que Lisaelle glissait avec une ardeur croissante sur la peau brûlante de Jeanne. Leurs cœurs battaient à l'unisson, et leurs esprits se connectèrent d'une manière que Jeanne n'avait jamais expérimentée auparavant. Elle se cambra, laissant échapper un gémissement extatique, alors que l'orgasme la secouait de la tête aux pieds. Lisaelle criait aussi, jouissant en même temps qu'elle, son corps se tendant pendant qu'elle atteignait, elle aussi, le sommet du plaisir. Dans cet instant de pure extase, Jeanne entendit la voix de Lisaelle dans sa tête, claire et forte. "Je t'aime, Jeanne", dit-elle. Jeanne fut surprise, mais elle réalisa rapidement qu'elle pouvait répondre de la même manière. "Je t'aime aussi, Lisaelle", pensa-t-elle, et elle sentit l'elfe sourire contre sa peau. L'elfe avait réussi à établir, avec son amante, une parfaite connexion télépathique. Elles étaient émerveillées de se découvrir. Leur amour grandissait alors se découvraient entièrement. Il ne leur fallut que quelques minutes pour apprendre leur langue respective qu'elles lisaient dans l'esprit de l'autre. Lisaelle prit la parole pour raconter à Jeanne son histoire.

Postface

Du même auteur:

Blanche et les courtisanes
Capturées par les corsaires
La Comtesse esclave

Remerciements

*Composition et mise en page réalisées
avec l'aide de WriteControl*

© 2024 Hermione de Méricourt
Édition : BoD - Books on Demand, info@bod.fr
Impression : BoD - Books on Demand, In de Tarpen 42, Norderstedt (Allemagne)
Impression à la demande
ISBN : 978-2-3225-3954-3
Dépôt légal : juin 2024